환자를 치료하며 일어나는 소소하고 진솔한 에피소드와 함께 병원이라는 공간에서는 없을 것 같은 위트 있는 유머가 '헛'하는 웃음을 자아낸다.　　　　　　　　　　　간경순(중학교 역사 교사)

편편이 시 같다. 한 편 한 편 읽을 때마다 마음이 따스해진다. 그 여운이 되직하고 길다. 몸이 아픈 사람들은 사실은 마음이 먼저 지친 사람들인지 모른다. 그런 사람들의 마음을 가만가만 쓸어주고 짚어주는 휴식 같은 책.　　　　　　　　　　김영선(시인)

나는 저자 김정환이 제자이긴 하지만 잘 기억이 나지 않는다. 그러나 페이스북의 친구가 되고 난 후 거의 빼놓지 않고 그의 글을 읽는다. '의학이 뭐 그리 대단한 지식이고 뭐 그리 대수인가. 세상 살아가는 이치의 한 부분일 뿐인 것을'이라고 말하는 그로 인해 때 늦은 자성을 해본다.

김인선(병리과 의사, 전 고려대교수)

모든 꽃은 아프면서 피고 외면 받을 때 시든다. 우리 몸은 어느 땐 의도치 않게 숨기고 어느 땐 의도와 상관없이 온갖 병을 꺼내놓으며 삶을 송두리째 흔든다. 지극히 소탈해서 감동을 넘어서는 그의 기록에는 어떤 트릭도 없으며 어떻게 살아도 당신은 꽃이라고 조곤조곤 속삭인다.　　　　　　김지원(시인, 여행가)

병원을 많이 다녀본 사람은 안다. 그곳이 얼마나 쓸쓸하고 황폐한 겨울인지를. 그런데 이 의사의 시선이 닿는 곳마다 온통 따스한 봄이다.

김현주(특수학교 교사)

병에 시달리며 화나고, 지치고, 서러워진 사람들 틈에 있다 보면 나 역시 지쳐 꼬부라져 저녁에는 송장처럼 눕곤 했다. 두세 평 진료실에서의 내 삶이 메마른 꽃 같았다. 이 책을 통해 나도 비로소 사람 냄새 진한 따뜻한 진료실을 꿈꾸게 됐다.

서상영(소아청소년과 의사, 개원의)

단순한 진료의 공간이 아닌 따뜻하고 편안한 장소로 다가오는 진료실. 보이지 않는 곳에도 삶의 애환은 있고 사람에게 정작 필요한 것은 따뜻한 공감이라는 사실을 일깨워 주는 책이다.

소성섭(KT&G 회사원)

페북의 글을 얻어 읽는다는 인연만으로 추천사를 쓰겠다 냅다 신청한 나도, 그런다고 바로 부탁하는 저자도 모두 무모하다 싶다. 그의 소박한 마음 씀씀이처럼 여기 실린 글들이 딱 그렇다. 따뜻한 인간미에 취하고 싶다면 이 책이 제격!

이계열(회사원)

사람아, 아프지 마라

김정환
산문집

사람아, 아프지 마라

따뜻한 진료실에 번지는 눈물·웃음·위로

행성B잎새

잠자고, 일어나 씻고, 밥 먹고, 옷을 차려입고, 사람들을 만나고, 일을 하고… 그렇게 하루를 보낸다는 것. 너무나 익숙해서 아무것도 아닌 평범한 일상도 어느 누군가에게는 몸서리치게 부러운 것일 수 있다는 생각을 늘 합니다. 제가 진료실에서 만나는 많은 환자에게는 잠을 자는 것도, 혼자 씻는 것도, 밥을 먹는 것도, 옷을 갈아입는 것도 누군가의 도움이 필요한 힘겨운 일이며 사람들과의 만남도, 하고 싶은 일을 하는 것도 모두 사정이 여의치 않은 어려운 일입니다. 그리고 그렇게 하루를 보내지도 못한 채 생을 마감하기도 하지요.

단지 누군가에게 그분들의 이야기를 하고 싶었을 뿐입니다. 사실 다를 것은 없습니다. 진료실을 찾은 분들의 삶이 특별히 유난스럽거나 생활이 유별난 것도 아닙니다. 그들의 이야기는 모두 우리 사는 모습과 같습니다. 진료실에서 펼쳐지는 우리 삶의 풍경을, 환자들과 저의 마음속에 오롯이 남은 소중한 이야기를, 저는 그리고 싶었나 봅니다.

사람과 사람이 이야기를 나누는 것은 마음을 여는 시작이라고 들었습니다. 마음이 열리지 않으면 아무 이야기도 할 수가 없다는 뜻이겠지요. 의사로 일한 지 15년이 되었지만 아직도 환자와의 만남에서 이야기를 시작하는 것은 참 어려운 일입니다. 마음을 여는 것이 그만큼 어려운 일이라는 뜻일 겁니다. 제 마음을 먼저 열어야 상대방의 마음도 열 수 있다는 지극히 평범한 원리를 깨우치는데 너무 많은 시간이 필요했습니다.

공감의 능력은 참 어려운 능력이자 우리에게 꼭 필요한 자질이 아닐까 하는 생각이 듭니다. 환자와 더 많이 공감하고 마음을 열어 서로의 이야기를 들여다볼 수 있는 능력, 그것은 언제쯤 온전히 제게 다가올 수 있을까요. 어려운 일이라는 것을 잘 알고 있습니다. 하지만 포기하지는 않으려 합니다.

이 책에 쓰인 이야기들은 어쩌면 그런 제 노력의 기록이 아닐까 싶습니다. 진료실을 찾은 사람들과 함께 나눈 이야기 속에는 그들의 마음이 담겨 있었고 제 마음도 그들과 다르지 않았음을 전하고 싶었습니다. 우리의 오고 간 마음들이 저의 글을 통해 얼마나 잘 전해질지는 모르겠지만 한 장의 그림이나 사진처럼 글을 읽는 분들의 마음에 작은 이미지로나마 그려지길 진심으로 원해봅니다.

예사로운 이 이야기들이 책으로 엮여 나올 것이라고는 단 한 번도 생각해보지 못했습니다. 왜냐하면 정말 특별할 것 없는 바로 우리 사는 모습 그 자체인 보통의 이야기였으니까요. 그 평범함 속에서 삶의 진실을 찾을 수 있도록 저를 북돋워 주시고 또 부족한 글들을 모아 책으로 엮을 기회를 주신 행성B 림태주 대표님께 감사드립니다. 그리고 이 기적과도 같은 일이 벌어질 수 있도록 많은 응원과 공감을 표현해주신 페이스북 친구 여러분께도 다시금 감사드립니다.

목적 없이 살던 의대생 시절에 의사로서의 삶이 얼마나 아름다울 수 있는지 깨우쳐주셨던 제 삶의 멘토이신 홍명호 교수님, 조경환 교수님, 최윤선 교수님, 그리고 누나처럼 늘 따뜻하게 저를 안아주셨던 김선미 교수님께 진심으로 감사드립니다. 그리고 이 책을 위해 선뜻 아름다운 사진들을 내어주신 안미경 선생님께도 감사드립니다. 정작 다정한 말 한마디 건네 드리지 못한 부모님, 함께 살며 못난 남편, 부족한 아빠의 삶에 빛이 되어주는, 그래서 살아가는 힘이 되어주는, 사랑하는 아내 민화와 보석 같은 아이들 상헌, 병헌에게도 사랑한다고, 고맙다고 꼭 말하고 싶습니다.

부끄럽지만 3년여 동안 페이스북을 통해 나누었던 진료실 이야기들을 이제 세상과 나누고자 합니다. 페이스북이라는 SNS 매체에 글을 쓰기 시작한 것은 그리 오래되지 않았습니다. 우연히 페이스북에 쓰기 시작한 진료실 이야기에 많은 분께서 공감을 해주시고 이야기 속 환자들을 격려해주시고 저에게도 큰 용기를 주셨습니다. 마지막으로 페이스북 친구들의 댓글과 공감은 저에게 환자들과 더 많은 이야기를 나눌 수 있게 해준 응원이 되었음을 고백합니다.

김정환

3 우리가 진짜 배워야 할 것

4 세상의 모든 엄마들을 위하여

1

아직은 좋은 날

사랑

-》》》 《《《-

참 꼬장꼬장한 노인네다 싶었다. 진료실 문을 열고 70대 노부
부가 들어왔다. 한 달 전에 골다공증 진단을 받고 약물 투여를
시작한 할머니와 그 남편분이다. 두 분이 진료실에 들어설 때부
터 사실 마음이 편치 않았다. 지난달 진료실에서 처음 뵐 때 보
호자로 따라오신 할아버지의 꼬장꼬장한 모습이 훤히 떠올랐기
때문이었다.

"남들이 해보라고 해서 하기는 하는데 골다공증 검사를 꼭 해
야 하는 겁니까?"
"약 먹으면 오히려 몸에 더 안 좋은 거 아닙니까?"
"약을 오래 먹어야 합니까?"
"칼슘은 왜 먹으라는 겁니까?"

다소곳한 할머니는 별말씀 없이 앉아계셨는데 할아버지는 유난히 큰 목소리로 끊임없이 내게 물으셨다. 환자의 궁금증을 알려주는 게 의사의 도리이니 나 역시 끊임없이 답을 해드렸다. 할아버지는 진료실이 쩌렁쩌렁 울릴 만큼 큰 목소리로 했던 말을 또다시 하며 할머니에게 가르치듯 말씀하시기를 반복하셨다. 평생을 그렇게 해오셨던 것 같았다. 가뜩이나 할아버지의 큰 목소리에 할머니는 주눅이 든 것처럼 보였는데 할머니를 하나하나 가르치려고 드시는 할아버지의 말씀에 순종하듯이 고개를 끄덕이며 "알았어요."라고 조그맣게 말씀하시는 할머니의 모습이 안쓰러울 지경이었다.

오늘도 그날과 마찬가지로 할아버지가 말문을 여셨다.

"한 달간 약 잘 먹었소."

나는 일부러 할아버지의 시선을 피하고 할머니와 직접 이야기를 하기로 했다.

"약 드시고 괜찮으셨지요?"

내 물음에 할머니는 내 얼굴을 빤히 보시고는 수줍게 웃으시며 말씀하셨다.

"말씀하신 대로 운동도 하고 약도 잘 먹었어요."

나는 조금 기분이 좋아져서 앞으로 일 년간은 더 약을 먹고 운동도 계속하셔야 한다는 이야기를 할머니에게 조곤조곤 말씀드렸다. 할머니는 할아버지를 힐끗 쳐다보시고는 말없이 배시시 웃으시며 고개를 숙이셨다. 그러자 할아버지가 내게 아주 작은 목소리로 말씀하셨다.

"이 사람, 귀가 거의 안 들립니다."

나는 깜짝 놀라서 할아버지를 쳐다보았다. 그러자 할아버지는 또 큰 소리로 말씀하셨다.

"그러니까 일 년간을 계속 약을 먹어야 한단 말이죠?"

할머니는 고개를 드시고는 나와 할아버지를 번갈아 보며 고개를 끄덕이셨다. 시끌시끌했던 할머니의 진료가 끝나고 노부부가 진료실 문을 열고 나가시는데 할머니가 먼저 나가시자 할아버지가 갑자기 뒤돌아 내게 또 작은 목소리로 말씀하셨다.

"집사람이 귀가 안 들리는 걸 부끄러워합니다. 남들한테는 얘기 못 하게 해서 미리 말씀 못 드렸네요. 죄송합니다."

나는 오히려 그동안 할아버지를 오해해서 제가 더 죄송스러웠다고 말씀드리고 싶었으나 고개를 꾸벅 숙여 인사를 드리는 동안 이미 할아버지께서는 진료실 밖으로 나간 후였다.

아이의 마지막 인사

-》》》 《《-

아침에 병원으로 출근하는데 병원 한쪽에 자리 잡은 장례식장에서 운구 행렬이 나오고 있었다. 유족들의 슬픈 울음과 곡소리는 이미 한소끔 끓어 오른 후인지 행렬을 이룬 사람들의 얼굴은 무표정했고 다소 지쳐 보이기도 했다. 행렬의 맨 앞에는 흰 국화 꽃으로 단장한 영정 사진이 무리를 이끌고 있었고 그 뒤로 줄줄이 이어가던 행렬의 맨 끝에는 걸음마를 뗀 지 얼마 되지 않아 보이는 아이가 젊은 엄마의 손을 잡고 아장아장 걸어 나오고 있었다.

이미 장지로 가는 장례 버스에 오른 가족들은 큰일을 치르는 피로감으로 의자에 앉자마자 눈을 감고 쪽잠을 청하기도 했고 몇몇 분들은 버스 앞에 삼삼오오 모여 장례 절차에 대한 상의를 하고 있는 것 같았다. 아침 출근길에 자주 보는 장면이라 무심코 스쳐 지나가듯 그들의 앞을 지나갈 때였다. 그때 엄마 손을 잡고 뒤늦게 버스 앞에 도착한 아이가 있었다. 아이는 할아버지의 마지막 가시는 길에 뿌려진 국화 꽃잎을 주섬주섬 주워 두 손에 꼭 움켜쥐고는 까르르 웃으며 말했다.

"할아버지~ 안녕히 가세요."

할아버지의 마지막 가시는 길이 아이의 웃음소리만큼이나 환해질 것 같았다.

아아, 남자여

-》》》· 《《《-

"꼭 술 때문이라고 얘기해주세요."

건강검진을 받은 40대 남성이 결과를 듣기 위해 상담실로 들어오기 직전, 그분의 아내로 추정되는 한 아주머니께서 급히 진료실로 먼저 들어오더니 살짝 내게 귀띔하는 것이었다. 검진을 받으신 분이 어지간히 술을 많이 드시는 분인가 싶어서 나 역시 단단히 충고하리라 마음먹고 상담을 시작했는데, 생각보다 결과가 괜찮았다. 간효소 수치도 정상 범위였고 복부 초음파 검사나 위내시경 검사에서도 그리 큰 문제가 없었다. 거의 모든 검사에서 그분의 검사 결과는 정상 범위 안에 있었다.

검사 결과를 설명하는 내내 아내 되는 분은 그의 뒤에 서서 나를 향해 입모양으로 "술!" "술!" 하며 강조해달라는 시늉을 내셨고 나 역시 그렇게 해드리고 싶었지만, 도저히 "술 때문입니다."

라는 말을 꺼낼 수 있는 검사 결과가 없었다. 결국 모든 결과 상담을 마칠 때까지 나는 '술'이란 단어를 끝끝내 입에 올릴 수가 없었다. 하지만 이렇게 상담을 마칠 수는 없다는 신념하에 마지막으로 한 가지만 여쭤보았다.

"평소에 술을 많이 드세요?"

내 질문이 나오자마자 아주머니께서 기다렸다는 듯 말을 가로챘다.

"말도 못해요. 늘 술이에요. 늘!"

그 말씀에 나 역시 맞장구를 치듯 말했다.

"이번 검사 결과에서는 정상으로 나왔다고 하지만 앞으로도 계속 좋을 것이라는 의미는 아닙니다. 술을 많이 드시면…."

말을 이어가려다가 잠깐 살펴보니 그녀의 남편은 마치 체념한 듯 어깨를 늘어뜨린 채 무표정한 표정으로 앉아 있었다. 이쯤에서 문득, 상황을 한번 되짚어 봐야겠다는 생각이 들었다.

"술을 얼마나 드세요?"

역시나 대답은 아내 되는 분의 몫이었다.

"일주일에 한 번은 빼먹지 않고 꼭 술을 먹어요."

일주일에 한 번? 의아한 마음에 다시 물었다.

"그럼 한 번에 많이 드시나요?"

그녀는 쉴 새 없이 몰아치듯 말했다.

"그럼요! 이 양반이 한번 마시기 시작하면 꼭 맥주 한 병을 다 마신다니까요."

맙소사!

때로는 환자보다 보호자를 살펴야 하는 날이 있다. 나는 그 남자의 축 처진 어깨가 쉽게 이해가 되었다. 그리고 나도 모르게 그분의 어깨를 툭툭 쳐주고 싶었지만 행여 어젯밤에 마신 내 숙취의 진한 향기가 새 나올까봐 그러지도 못했다.

딸과 엄마,
그리고 그 엄마의 엄마

-->>>> <<<--

회진을 마치고 병실을 나서는 중이었다. 엘리베이터 대기 복도에 울려 퍼지는 그녀의 목소리는 처음부터 격앙되어 있었다.

"정말 왜 그래요! 보리차 먹이라고 아침부터 그렇게 신신당부했잖아요."

그녀의 목소리에서는 짜증과는 다른, 일종의 독기까지 느껴졌다. 그녀는 수화기를 꼭 쥔 채 다시 말을 시작했다.

"애는 그냥 생수 먹이면 탈이 난다고 내가 몇 번이나 얘기했잖아요. 애가 생수 달라고 해도 꼭 보리차 먹이라고 그렇게 당부했는데 왜 내 얘기대로 안 하느냐구요."

씩씩거리는 목소리가 조금 가라앉는 걸 보니 그녀의 화도 조금 풀리는가 싶었다.

"이유식은 많이 먹었어요?"

질문의 말꼬리란 것이 원래 다소 올라가기 마련이지만 카랑카랑하게 치켜 오르는 그녀의 말꼬리는 다음 말이 무엇이건 아무 상관 없이 옆에 서서 듣는 사람의 심장마저 콩닥거리게 만들었다.

"아휴, 그렇게밖에 안 먹으면 어떡해."

전화기 너머에서 어떤 대답이 왔는지는 모르겠으나 그녀의 실망이 깊게 느껴졌다.

"분유는 얼마나 먹었어요?"

그녀는 다시 눈에 힘을 주면서 목소리 볼륨을 키우기 시작했다.

"분유를 그렇게 많이 먹이니까 당연히 이유식을 안 먹지! 분유는 적당히 먹이고 이유식을 먹여야지, 애가 달란다고 분유를 그렇게 많이 주면 어떡하냐구요!"

그녀는 분이 안 풀리는지 다시 씩씩거리며 말을 이었다.

"아니, 엄마는 애 안 키워봤어? 어떻게 그렇게 하나부터 열까지 내가 다 일일이 말해줘야 해? 엄마가 좀 알아서 하면 안 되냐구!"

아, 그녀의 대화 상대 아니 화풀이 상대는 그녀의 엄마였나 보다. 엄마는 수화기 건너편에서 무슨 이야기를 하는지 모르겠지만 아마도 쩔쩔매면서 딸의 전화를 받고 있는 것이 틀림없을 듯했다. 젊은 엄마가 참 앙칼지게도 친정엄마한테 쏘아붙인다 싶은 생각에 마뜩잖은 표정을 숨기기가 어려워 나는 시선을 돌려서 하릴없이 병동 복도 창문 너머 먼 산이나 하염없이 바라봤다. 때마침 엘리베이터 문이 열렸고 나는 그녀와 함께 엘리베이터에 탔다. 엘리베이터 안에는 그녀와 나 둘밖에 없었다. 그녀는 그제야 내 눈치를 보면서 목소리를 조금 줄였다.

"엄마, 지금 엘리베이터 타서 전화가 잘 안 들려. 내가 나중에 다시 전화할게."

이제 전화를 끊으려는 모양이었다. 그녀의 못된 목소리를 더는 듣지 않아도 된다는 생각에 나 역시 마음이 놓였다. 그러나 그녀는 전화를 끊지 않았다. 9층에서 내려오기 시작한 엘리베이터가 3층에 다다르도록 그녀는 전화기를 붙잡고 있었다. 그러고는 수화기에 대고 아무 말도 하지 않았다. 엘리베이터가 3층에 도착할 무렵에야 그녀가 입을 열었다.

"엄마, 우리 ○○이 오늘 수술 잘할 수 있겠지? 나 너무 무서워."

그녀가 전화기를 붙잡고 울먹이기 시작했다. 3층은 수술실이 있는 층이었다. 수화기 건너 그녀의 엄마가 무슨 이야기인가를 하고 있었다. 엄마의 말을 묵묵히 듣던 그녀가 눈물을 닦으며 말했다.

"이제 ○○이 수술 들어가요. 수술 끝나면 다시 전화할게요."

딸의 수술을 앞둔 젊은 엄마가 엘리베이터에서 내리며 전화를 끊었다. 딸과 엄마, 그리고 그 엄마의 엄마. 나는 닫히는 엘리베이터 문틈으로 멀어져가는 그녀를 보며 부디 아이의 수술이 잘 끝나기를 마음속으로 빌었다.

할아버지와 손자

-»»» «««-

한적한 별관 2층 로비에 10살 남짓한 소년의 카랑카랑한 목소리가 울린다.

"아~ 할아버지! 그렇게 하는 게 아니라니까요."

소년과 할아버지가 의자에 나란히 앉아 핸드폰으로 게임 중이다. 소년은 할아버지에게 새로운 게임을 가르쳐드리고 있는 것 같고 할아버지는 끙끙거리며 손자의 지시에 따라 손가락을 움직이려고 애를 쓰고 계신다.

"어려워."

할아버지의 들릴 듯 말 듯한 작은 하소연이 아이 귀에는 들리지 않는 모양이다.

"아니 이걸 왜 못해? 여기 이게 나오면 이걸 누르고 이게 나오면 이렇게 점프를…."

할아버지 옆에서 능숙한 손놀림으로 시범을 보이며 한 수 가르쳐주던 녀석은 할아버지의 얼굴을 힐끗 보더니 또 한숨이다.

"할아버지는 왜 이것도 못해?"

나는 또 오지랖 넓게 저 버릇없어 보이는 녀석에게 한소리라도 해야 하나 싶어 조심스럽게 혼자 고민 중이었는데, 그때 아이가 벌떡 자리에서 일어나더니 할아버지에게 말했다.

"휠체어 가지고 올 테니까 연습하고 계세요."

소년은 잠깐 어디론가 자리를 비웠고 그사이 할아버지는 핸드폰을 두 손으로 꼭 쥔 채 가만히 앉아계셨다. 나는 멀찍이 서서 걸음을 멈춘 채 그 모습을 한참 바라보고 있었다. 이윽고 소년은 어디선가 휠체어를 가지고 나타났다.

"자, 할아버지. 이제 휠체어에 올라타는 연습을 해보자고요."

할아버지는 핸드폰을 천천히 외투 주머니에 넣고는 어린 손자의 손을 잡고 힘껏 다리를 세웠다. 잠깐 휘청거리듯 일어서던 할아버지는 손자의 작은 몸에 기대어 휠체어로 털썩 몸을 옮기며 주저앉으셨다. 소년이 할아버지에게 활짝 웃으며 말했다.

"잘했어, 할아버지!"

할아버지가 탄 휠체어를 밀며 소년이 내 앞을 지나갈 때, 나는 비로소 할아버지와 아이의 모습을 제대로 볼 수 있었다. 나는 나

도 모르게 앞으로 지나가는 아이의 머리를 쓰다듬을 뻔했다. 내
앞으로 지나간 것은 중풍으로 한쪽 몸이 불편한 할아버지를 휠
체어에 태워 밀고 가는 조그만 아이였다.

어떤 오해

외래에 오는 할머니 환자분들께 평소에 운동을 좀 하시라 권하면 십중팔구는 이렇게 말씀하신다.

"애 봐야 해서 운동할 시간이 없어."

일하러 나간 자식들 대신 손자, 손녀를 돌보고 키우는 일은 오늘날 할머니, 할아버지들의 큰 스트레스 중 하나이다. 그래서 인생의 황혼기에 생각지도 못했던 육아 스트레스로 힘겨워하는 할머니들과 얘기할 때 손자, 손녀를 맡겨 놓고 제 일만 챙기는 자식들 흉보기를 은근히 섞어 가면서 어르신들 편을 들어 드리면 다들 박수를 치며 좋아하신다. 설사 진심은 그렇지 않더라도 몸이 힘들 때 잠깐 마음의 위로를 삼으시라고 드리는 뒷담화는 그 대상이 자식이라도 다 통하는 모양이다.

그런데 딸 대신 손자 둘을 돌보고 계신 한 할머니 환자는 어떤 일이 있어도 결코 따님 흉을 보지 않으셨다. 흉은커녕 외래 진료를 오시면서 지금까지 단 한 번도 억센 두 손자를 키우는 고된 육아 노동의 불평조차 하지 않으셨다. 운동은 고사하고 잠깐 친구들 만나러 나갈 시간마저 여의치 않다는 이야기도 당연한 일이라는 듯 말씀하시던 할머니였는데, 지난 외래 진료 시간에는 일이 있어 오지 못하신다고, 대신 아이를 맡겨 두었다던 그 따님이 약 처방을 받을 수 있겠느냐며 병원에 왔다.

'드디어 그 따님을 보게 되는군.' 하는 마음과 '도대체 얼마나 대단한 따님이기에 여태 그렇게 한 번도 흉을 안 보시나.' 하는 삐딱한 마음으로 그녀를 기다렸다. 그녀가 들어오면, 당신의 어머니께서 당신 애 둘 키우시느라 건강관리도 제대로 못 하신다고 가시 박힌 이야기를 좀 해야 하나 생각하며 말이다. 마침내 진료실 방문이 열리고 그녀가 들어왔다.

그런데 문이 열리며 들어선 것은 그녀의 발이 아니라 휠체어 바퀴였다. 전동 휠체어를 타고 진료실 안으로 들어오는 그녀의 모습에 나는 절로 마음 깊이 미안함을 느꼈고, 마음속으로나마 그동안의 내 오해를 사과했다. 물론 불평 한마디 없던 그녀의 어머니께도 새삼 마음이 먹먹해졌다.

헤아릴 수 없는 사정

-》》》 《《《-

굉장히 지친 상태였다. 유난히 극성스러운 환자들이 많았던 진료가 끝나갈 무렵, 마지막 환자로 들어오신 81세 할아버지는 솔직히 내가 감당하기 어려운 분이었다.

"혈압이 많이 높네요."

나의 한마디가 끝나기가 무섭게 할아버님께서는 "내가 사우나에 가끔 가는데 거기 혈압계로 재보면 160쯤 나오다가 목욕하고 나오면 한 110쯤 나오기도 하는데, 나는 아무래도 사우나에서 살아야 하나. 허허!" 하는 이야기로 말씀을 시작하시더니 쉬지도 않고 이야기를 계속 이어가셨다.

"지난 일요일에는 아침에 일어났는데 갑자기 눈앞이 팽~ 도는 게 10초도 서 있을 수가 없는 거야. 집에 환자가 하나 있으니 밥은 해서 먹여야겠고, 그래서 도저히 안 되겠다 싶어서 아들네

집에 전화를 걸어서 좀 와달라고 해야겠는데 도대체 전화가 한 시간이 넘도록 통화 중인 거라. 이상하다 생각도 들고 전화기를 내려놓았나 싶어 다시 걸어보려고 하니, 세상에나 내가 아들네 집에 전화한다 해놓고는 한 시간 동안 내 집 전화번호를 계속 눌러댔던 거지. 껄껄."

나는 그저 고개만 끄덕거리며 듣고 있었다. 사실 점심도 먹지 못한 채 오후 진료를 이어가느라 대꾸를 해드릴 힘도 별로 **남**아 있지 않았고 이분의 말씀을 내가 어떻게 받아줘야 하나 싶었다. 더군다나 이 어른께서는 내 외래에 왜 오셨나 잘 모르겠다 싶었다. 분명히 처음 들어오셔서는 "혈압이 높다고 해서 왔어."라고 이야기를 꺼내셨지만.

"밥은 매일 해서 먹기는 하는데, 내가 밥을 해봐야 뭐 할 줄 아는 게 있나. 우리 안사람이 중풍이 와서 집에 누워 있은 지 벌써 한 오륙 년 되었지. 내가 일흔 넘어서 부엌살림을 하게 될 줄이야 누가 알았겠나. 그래도 먹고 살겠다고 밥을 해보니 밥이 되기는 되데. 허허."

넉살 좋으신 영감님의 말씀은 끝없이 이어졌다. 20분쯤 시간이 지났고 나는 중간중간 몇 마디의 추임새 비슷한 대꾸를 해드렸지만 이미 외래를 마치는 시각도 지났기에 이제는 진료를 정리해야겠다는 생각이 들어서 할아버지께 말씀을 드렸다.

"어르신, 오늘 말씀을 많이 하셔서 힘드시겠어요. 다음에 또 이야기 듣겠습니다. 오늘은 혈압약을 좀 받아 가시는 게 어떨까 하는데요."

내 이야기가 끝나자 어르신께서 빙긋이 웃으시며 물어보셨다.

"선생은 집에 환자가 있소?"

나는 어떤 뜻으로 하시는 말씀인가 싶어 여쭈었다.

"어르신, 무슨 말씀이신지요?"

"말을 할 수 없는 환자랑 단둘이 5년쯤 살아본 적이 있는가 말이오?"

나는 아무 대답도 하지 못한 채 멍하니 있었고, 어르신은 특유의 너스레웃음을 지으며 일어나셨다.

"덕분에 기분이 많이 좋아진 것 같습니다. 혈압약 처방해주셔서 고맙소. 다음에 뵙시다."

나는 어르신의 이야기를 다 들어주지 못하고 끊어버린 것이 미안해 뒤늦게 어쩔 줄 몰랐지만 어르신은 괜찮다는 듯, 고맙다는 듯, 미안하다는 듯, 손을 들어 인사를 건네며 진료실을 나가셨다. 밖은 해가 있는지 졌는지도 모를 만큼 어두운 구름이 짙게 깔려있었다.

지울 수 없는 것
-»»» «««-

할머니는 진료가 끝났는데도 나가시지 않고 뭔가 하실 말씀이
남은 듯 앉아계셨다.

"다른 하실 말씀이라도 있으세요?"

나는 무심히 차트를 덮으며 물었다.

"저… 저…."

할머니는 한참 뜸을 들이시더니 가방에서 핸드폰을 꺼내셨다.
최신 스마트폰이었다.

"미안한데, 이 전화기로 사진 보려면 어떻게 하는지 가르쳐 주
실 수 있어요?"

할머니가 다루기에는 다소 어려운 스마트폰이었지만 사진만
보는 것은 어렵지 않게 하실 것 같았다. 사진 보는 법을 간단히
가르쳐 드리면서 들여다본 스마트폰 속 사진 앨범에는 자녀분

내외와 손자, 손녀들 사진이 가득했다.

"새로 사셨나 봐요."

웃으며 여쭤보니 아주 쑥스러워하시며 아들이 사주었다고 하신다.

"어떻게 쓰는 건지 가르쳐 줬는데 나는 암만 봐도 잘 모르겠더라구요. 어디 물어볼 데도 없고 해서 선생님께 물어봤네요. 고맙습니다."

할머니는 수줍게 웃으시며 진료실을 나가셨다. 그리고 다음 환자를 진료하고 또 그다음 환자까지 진료하고 난 후였는데, 그 할머니께서 다시 진료실로 들어오셨다.

"선생님, 바쁘신데 죄송해요. 저 하나만 더 여쭤봅시다. 사진을 핸드폰 배경으로 하는 건 어떻게 하는 거예요?"

마침 대기 환자도 없었고, 시간 여유도 있어서 나는 할머니의 새 스마트폰을 받아 들었다.

"어떤 사진을 배경으로 넣어드릴까요?"

할머니는 잠시 말없이 쭈뼛거리시더니 앨범 속 사진 중 하나를 가리키셨다. 사진 속에는 두 달 전 돌아가셨다는 할아버지가 할머니와 함께 활짝 웃고 계셨다. 나는 사진을 배경에 옮겨드리고 스마트폰을 할머니께 건네 드리며 할머니 손을 슬쩍 잡아드렸다. 눈물이 비치는 듯 할머니 눈가는 금세 촉촉해졌고 이내 부끄러운 듯 미소를 비치시더니 진료실을 나가셨다.

비밀스런 공모
-))》 《((-

당뇨병으로 약물 치료를 받고 있는 71세 남자 환자가 있다. 늘 활기차고 힘이 넘치실 뿐 아니라 목소리도 크고 걸음걸이도 당당하고 피부도 좋으시고 얼굴도 동안이라 나이를 좀체 가늠하기 어려운 분이다. 언뜻 보기엔 50대 초반으로까지 보이기도 한다. 그런데 어느 날, 아주 풀이 죽은 얼굴로 병원에 나타나셨다. 평소의 모습과 너무나 달라 조금은 생경한 진료 시간.

"어르신, 무슨 일 있으세요?"

가까운 친구나 친척이 돌아가셨을 수도 있고, 자녀들이 속을 썩일 수도 있고, 하시는 일이 잘 안 돼서 그럴 수도 있다. 어떻게든지 기운을 북돋워 드려야겠다는 사명감에 이런저런 이야기를 건네보지만 대답이 영 시원치 않으시다.

"그러지 마시고 속 시원하게 이야기 좀 해보세요. 무슨 일이에 요?"

다그치는 의사의 끈질긴 눈빛을 어르신도 더는 참기 힘드셨는 지 드디어 입을 여셨다.

"김 선생, 나 흉보지 않는다고 약속하시오."

응? 무슨 일이시지?

"실은 나이를 속이고 어떤 여자랑 연애를 좀 했어."

앗! 꿀꺽. 할아버지는 이야기를 이으신다.

"아, 여태 문제 없었는데 지난달부터 이놈이 문제네. 쯧쯧."

아랫도리를 힐끗 쳐다보며 혀를 차시는 환자에게 내가 줄 수 있는 건 오직 용기 뿐.

"약효 좋은 것으로 같이 처방해 드리겠습니다."

환자는 금세 표정이 밝아진다. 그리고 내 손을 꽉 잡으시더니 "김 선생만 믿네."를 연발하시고는 껄껄 웃으며 벌떡 일어나신 다. 진료실을 나가는 걸음걸이가 예의 그 당당한 모습이다. 그런 데 어르신께서 진료실 밖으로 나가기 직전, 갑자기 몸을 홱 돌려 나를 바라보더니 은밀히 속삭이신다.

"우리 마누라한테는 비밀이야!"

헉!

연상녀의 사랑법

-》》》 《《《-

외래 예약 환자 진료가 다 끝나고 당일 접수 환자 진료도 거의 마감이 될 무렵, 모니터에 뜬 당일 접수 초진 환자는 78세 남자 환자였다. 진료실 문이 열리자 꼬장꼬장해 보이는 할머니가 앞장서 들어오시고 그 뒤로 마치 엄마 손에 억지로 끌려 온 아이처럼 내키지 않는 발걸음으로 할아버지가 따라 들어오신다. 그리고 인사를 나눌 틈도 없이 의자에 앉으시며 할머니가 입을 떼셨다.

"의사 양반, 이 영감 뭐가 문제요?"

갑작스러운 질문에 멈칫하는 나에게 할머니께서는 주섬주섬 가방에서 종이 한 장을 꺼내어 건네주시며 말씀을 이어가셨다.

"여기 보니 이 양반 중풍 온다고 쓰여 있다는데 좀 봐주쇼."

할머니는 얼마 전에 인근 병원에서 받은 할아버지의 건강검진

결과지를 가지고 오셨다. 할아버지의 검진 결과에서 다른 문제
는 없었으나 혈중 콜레스테롤 수치가 높았다. 할아버지는 고지
혈증이 있었다.

"아, 할아버지께서 고지혈증이 있으시니 약을 좀 드셔야겠네
요."

내 대답이 끝나자마자 할머니께서 물으셨다.

"죽을병이요?"

워낙 고령이셔서 중풍이나 심장병의 위험은 있지만 약 잘 드
시고 관리를 잘하시면 큰 문제는 없을 거라고 말씀드리는데 한
참을 잠자코 계시던 할아버지가 마침내 입을 여셨다.

"이 할망구는 귀가 어두워서 의사 선생 하는 말 하나도 못 알
아먹으니까 말 하나마나여. 하여튼 약 먹으란 말이제?"

앞뒤 다 자른 말씀에 선뜻 무어라 대답을 못 하고 있는데 내가
대답할 새도 없이 할머니께서 대화에 끼어드신다.

"이 영감탱이 나이가 올해 여든셋이여. 나는 아흔이고. 근데
이 영감은 아직도 택시 운전을 햐. 지 죽을 날이 언젠지도 모르
고."

할머니의 갑작스러운 참견에 할아버지가 대꾸하신다.

"이노무 여편네, 또 시끄럽게 떠드네."

할아버지의 핀잔에 질세라 할머니께서도 말씀을 이으신다.

"얘가 내 동생보다 더 어려. 내 동생! 깔깔깔."

할머니의 말씀에 드디어 할아버지께서는 역정을 내시며 소리
치셨다.

"여편네, 노망이 났나. 아, 시끄러워! 가자고. 어여 일어나!"

한참을 진료실에서 큰 소리로 떠들던 환자, 보호자, 의사의 대
화는 그렇게 끝이 났다. 진이 쭉 빠지는 오늘의 마지막 환자 진
료를 마치며 할아버지와 할머니를 진료실 밖으로 보내 드리는데
진료실에서 나가시던 할머니께서 갑자기 획 뒤돌아보며 내게 말
씀하신다.

"선상님. 이 양반, 일생을 살며 여태 고생만 했응께 중풍 오면
안 돼요. 잘 좀 부탁드려요."

손자뻘도 안 되는 의사에게 꾸부정한 허리를 더 굽히며 인사
를 건네시는 할머니께 나도 모르게 벌떡 일어나 90도로 인사를
드리고 문 앞까지 배웅을 해드렸다. 할아버지는 종종걸음으로
벌써 외래를 빠져나간 후였다.

손을 빌려주는 치료

진료실에 오시면 본인의 병세 얘기보다는 내 손을 잡고 "예쁘다, 예쁘다."는 말만 반복하다 가시는 할머니 환자분이 계신다. 그 할머니께는 그 어떤 치료나 말보다 내 손을 10분쯤 빌려드리는 것이 제일 필요하다는 것을 알고 있다. 할머니의 막내 아드님은 재작년 교통사고로 유명을 달리했고, 그 아드님은 나와 나이가 같다.

10분간의 아들 역할이 끝나고 나면 나는 한참을 멍하니 앉아있곤 한다.

울림

허니문 차 꽁무니에 매달려 가며 소리를 내는 깡통처럼 호화로운 운구차 끄트머리에 할머니의 나지막한 울림이 매달려 있다.

"평생 버스만 타고 다닌 양반인데…."

리무진 영구차 끝에 선 할머니가 차를 쓰다듬으며 중얼거리신 말이 가슴을 크게 울리는 하루.

너무 일찍 철드는 것의 애잔함

급성 신우신염으로 입원한 18세 여고생 환자. 처음 입원할 때부터 혼자 외래를 찾은 것이 이상하다 싶었는데 입원 수속할 때도 학생의 엄마는 잠깐 왔다가 갔고, 이후 입원해 있는 일주일 동안도 엄마 얼굴은 한 번도 볼 수 없었다. 퇴원 후 일주일 정도 지나 진료실에 온 아이는 여전히 혼자였다.

"엄마가 많이 바쁘신가 봐?"

아이에게 상처가 될까 봐 조심스럽게 말을 꺼냈는데 아이는 아무렇지도 않은 듯 말을 받는다.

"엄마는 일 년에 두어 번만 봐요. 그나마 올해는 제가 입원하는 날이랑 퇴원하는 날이랑 두 번은 더 봤네요."

무슨 사연이 있는 것 같아 더욱 조심스러워진다. 하지만 아이는 여전히 아무렇지도 않다.

"저랑 동생은 할머니 집에 사는데 아빠는 집에 안 들어온 지 몇 년 됐고 엄마는 저희 생일에만 잠깐 만나요."

나는 그만 어찌할 바를 모르고 얼굴이 벌겋게 되어 더는 말을 꺼낼 수 없었다.

"괜찮아요, 선생님. 저 인제 그만 갈게요. 그동안 고마웠습니다."

아이는 너무 일찍 어른들의 세상을 이해해버린 듯했다. 툭툭 털듯 일어나 진료실 밖으로 나가는 아이의 뒷모습을 보면서 나는 아이의 건강한 미래를 빌어주는 것 말고는 달리 아무것도 해 줄 게 없었다.

뜨거운 말

-》》》 《《《-

여든이 넘은 할아버지께서 휠체어를 타고 진료실로 들어오셨다. 할아버지는 초점 없는 퀭한 눈으로 휠체어에 앉아 계셨고 중년의 여인이 그 휠체어를 붙잡고 서 있었다.

"어르신, 어디가 불편해서 오셨어요?"

내 질문에 할아버지는 아무 말씀도 하지 않으셨고 휠체어를 잡고 서 있던 여인이 대신 대답했다.

"지금 계신 요양원에서 다른 요양원으로 옮기시려는데 전염병이 없다는 검사 결과지와 소견서를 받아 오라고 해서요."

무표정한 얼굴로 답하는 여인의 얼굴에서는 어떤 감정도 읽히지 않았고 그저 고단한 삶의 굴곡만 느껴질 뿐이었다.

"어르신께서는 무슨 병이 있으신가요?"

모니터를 바라보는 채로 컴퓨터 자판을 두드리며 검사 오더를

내면서 던진 내 질문이 무심했는지 진료실 안에는 잠시 침묵이 흘렀다. 나는 다시 고개를 들어 할아버지와 여인을 번갈아 바라보았다. 여인이 적막을 깨고 나지막한 목소리로 말했다.

"아버님은 치매가 있으세요. 며느리도 잘 못 알아보세요."

나는 대답 없는 노인과 지쳐 보이는 며느리에게 더 이상 귀찮은 질문은 드리지 않는 게 좋겠다는 생각이 들었고 단지 필요한 검사를 내드리면서 다음 주에 결과지와 소견서를 받으러 오시라 알려드렸다. 여전히 말 없는 시아버지와 며느리는 아무 대답 없이 진료실을 나갔다.

시간이 한참 지났고 몇 명의 환자를 더 진료한 후에 잠깐 볼일이 있어 진료실 밖으로 나갔다가 그 두 분을 다시 보았다. 병원 별관 로비에 휠체어를 탄 할아버지와 그 앞에 쪼그리고 앉은 며느리가 눈에 띄었다. 할아버지의 손에는 빨대를 꽂은 작은 우유팩이 들려 있었다.

"아버님, 또 차 타고 멀리 가야 하니까 우선 이거라도 좀 드세요. 오늘은 집에 가서 맛있는 거 많이 해드릴게요."

할아버지는 여전히 아무 말 없이 먼 곳만 바라보고 계셨지만, 대답 없는 노인에게 며느리는 아직도 할 이야기가 많은 듯했다. 빨대를 입으로 가져가 우유를 마시는 노인에게 며느리는 마른 눈물처럼 뜨거운 말을 한마디 던지며 일어섰다.

"제가 아버님 맏며느리잖아요."

엄마가 될 수 있는 나이

-》》》 《《《-

 40대 후반의 여성 환자가 외래로 오셨다. 아픈 증상에 대해 이야기 하시면서도 진료실 밖 대기실을 힐끗힐끗 쳐다보는 것이 뭔가 밖에 중요한 것을 두고 온 듯 보였다. 한창 진료를 하는 중인데 이제 막 걸음마를 떼고 말문이 트이기 시작한 듯 보이는 세 살 남짓의 사내아이가 아장아장 진료실로 걸어 들어오는 것이다. 그리고 이어서 고등학생쯤 되어 보이는 여자아이가 뛰어들어와 아이의 손을 잡아 밖으로 데리고 나갔다.

 나는 환자와 이야기를 나누고 진료를 하면서도 조금 전 그 아이가 이분의 손자일까, 조카일까, 잠깐 돌보는 이웃집 아이일까, 혹은 늦둥이 아들일까, 궁금증이 돋아나기 시작했다. 진료를 다마치고 필요한 약을 처방해드리고 일주일 후쯤 검사 결과를 들으러 다시 오시라 말씀드리는데 도저히 궁금증을 참을 수가 없었다.

"저, 아까 그 아이는…."

내 말이 끝나기도 전에 환자분께서 먼저 웃으며 물어보신다.

"제 아이냐고요?"

나는 물어선 안 될 것을 물은 듯해 멈칫했다. 하지만 그녀는 다시 웃으며 말했다.

"제 아이 맞아요. 늦둥이는 아니고…."

잠시 쉬었다가 그녀는 말을 잇는다.

"제가 배 아파 나은 아이는 아니지만 작년 12월에 제 아이가 되었어요. 우리 딸은 16년 만에 3살 된 남동생을 얻었고요."

그제야 비로소 궁금증이 풀렸다. 그렇다. 아이를 낳을 수 있는 나이는 정해져 있을지 몰라도 엄마가 될 수 있는 나이는 정해져 있지 않다는 것을 미처 생각하지 못한 것이 어리석었다. 다음 주, 나는 아마 세 살짜리 사내아이가 좋아할 만한 무엇인가를 준비해놓고 그 환자와 아이를 기다리고 있을 것 같다.

다 제 탓이에요

-»»> «««-

질병의 원인을 찾는 일은 의학적, 보건학적으로 중요한 일이
지만 때로는 그것 때문에 더 마음 아픈 일도 있다. 특히 부모의
유전적 영향이 의심될 때에는.

체중이 급격히 빠지고 극심한 피로를 호소하는 42세 남자가
진료실에 왔다. 몹시 마른 체구에 언뜻 보아도 무척 힘들어 보이
는 얼굴이었다. 증상을 들어보니 당뇨병이 의심되어 간단한 혈
당 체크를 해보았는데 혈당 수치가 너무 높아 간이기계로는 측
정 불가 상태였다. 당장 정밀한 당뇨 검사가 필요해 가급적이면
입원하는 것이 좋다고 권유했다. 하지만 환자는 입원을 강력히
거부했다. 그는 당장 하루 벌어 하루 먹고 살기에도 빠듯한 형편
이라고 했다. 어쩔 수 없이 우선 급한 대로 외래에서 혈액 검사

와 소변 검사 등을 하고 약물 치료를 하기로 했다. 그리고 며칠 뒤 결과를 들으러 그가 다시 외래를 방문했을 때는 그의 노모가 함께 오셨다.

그는 오시지 말라고 그렇게 얘기를 했는데 기어이 어머니가 따라오셨다며 못마땅해 했다. 예상대로 결과는 심한 당뇨병이었다. 나는 인슐린 치료를 권했으나 그는 한사코 약물 치료를 하겠다고 인슐린 주사를 거부했다. 결국, 인슐린 주사 대신 약물 처방을 더 강하게 올리고 자주 외래를 방문하기로 했다. 진료가 끝나고도 그는 진료실을 쉽게 나가지 못했는데 그것은 노모의 눈물 때문이었다. 그의 어머니는 연신 눈물을 닦으며 모든 게 당신 탓이라고 했다.

"제가 당뇨병으로 치료 중인데 아마 저 때문에 아들도 당뇨병에 걸렸겠지요."

나는 유전적 원인을 무시할 수는 없지만 순전히 유전 때문만이라고는 할 수 없다고 덧붙였다. 하지만 노모는 눈물을 그치지 못하며 말을 이었다.

"중학교 때 애비를 여의고 여태 장가도 못 가고 제 병수발한다고 고생만 한 아이입니다. 다 제 탓이에요."

어머니의 울음은 그칠 줄 몰랐고 환자는 괜히 따라와서 쓸데없는 얘기만 한다고 툴툴거리며 일어섰다.

4월의 의미
-»»» «««-

정기적으로 고혈압약을 타러 오는 74세 할아버지는 4.19때 옥살이를 하셨다는데 그때 온갖 모진 고초를 겪어서 온몸에 안 아픈 곳이 없다고 하셨다. 사실 혈압약보다는 가끔씩 견디기 힘든 통증이 밀려오는 날 드실 진통제를 타러 오는 분이다.

할아버지는 평생을 통증에 시달리며 사셨고 그러다 보니 집안의 경제부터 대소사까지 모든 것을 할머니가 책임지셔야 했단다. 할아버지는 얼굴에 주름이 가득하고 몸이 마르셨는데 할머니는 얼굴에 윤기가 흐르고 모진 풍파를 견뎌내신 만큼 외양도 아주 넉넉한 분이셨다. 할아버지가 병원에 다니신 지는 벌써 몇 년 되었는데 처음 병원에 오실 때부터 지금까지 늘 할머니는 할아버지를 쫓아서 병원에 오신다. 하지만 처음에는 금슬이 좋아서라고 생각하지는 않았다.

"이 양반은 도대체 몸이 어떻게 돼도 병원엘 가지 않으니 내가 답답해서 미치지요. 만날 골골거리고 아프다고나 하지 어디 병원에 갈 생각을 해야 말이지요. 내가 강제로라도 끌고 오니 어쩔 수 없이 병원에 오는 거예요."

"옛날에는 집에서 시집가라는 대로 갔으니 그냥 살았지, 요즘 같으면 어디 이런 사람한테 시집갔겠어요. 당시에 대학까지 나왔다니까 사지 멀쩡한 줄 알고 시집갔더니만 평생을 괴롭히네. 으이구."

올 때마다 할머니의 잔소리는 끊이질 않았고 할아버지는 눈만 껌뻑일 뿐 별다른 대꾸도 하지 않으셨다. 어쩌다 잔소리가 심해진다 싶으면 그저 "에휴, 저놈의 잔소리."라고만 푸념 섞인 혼잣말을 잠깐 중얼거리시지만 이내 할머니께서 "뭐라구요? 내가 잔소리를 왜 하는데. 당신이 내 잔소리라도 없었으면…." 하고 받아치시면 또 먼 곳을 바라보시며 말없이 눈만 끔뻑이며 앉아계시곤 하였다.

그날은 할아버지께서 정기 진료를 받으러 오시는 날이었다. 그런데 늘 할머니가 앞장 서시던 평소와 달리 오늘은 진료실 문이 열리고 할아버지가 먼저 들어오시는 것이었다. 할아버지가 들어오시고 조금 지나서야 할머니께서 뒤늦게 허리를 부여잡고 천천히 진료실로 들어오셨다.

"아니, 왜 그러세요?"

나는 놀라서 물었다. 할머니께서 억지웃음을 띠며 말씀하시기를 지난달에 에스컬레이터에서 넘어지는 바람에 척추가 부러져서 수술을 받으셨단다.

"어이쿠, 그럼 오늘 뭐하러 나오셨어요?"

"이 양반 혈압약 타러 가야 하는데 내가 안 쫓아가면 또 병원에 안 갈까 봐 따라 나왔지."

나는 그깟 혈압약 한 몇 주 안 드셔도 되고, 아니면 할아버지 혼자 나오시면 되지, 그 몸으로 여길 왜 오셨냐며 걱정스러운 마음에 타박을 놓았다. 할머니는 멋쩍은 듯이 웃으셨고 할아버지는 오랜만에 할머니를 흘겨보며 쯧쯧 혀를 차며 말씀하신다.

"왜 그런 몸으로 여길 쫓아온다고. 에이~ 거, 참."

약을 처방해드리고 진료를 마치자 할아버지는 이내 다음에 또 보자며 얼른 자리에서 일어나 진료실 밖으로 나가셨고 할머니는 허리를 붙잡고 힘들게 일어나려고 하시는 길이었다.

"할머니, 다음에는 몸이 많이 불편하시면 따라오지 마세요."

내가 한마디하자 할머니는 다시 의자에 앉으셨다. 그리고 긴 한숨과 함께 입을 여셨다.

"4월이 되면 저 양반 늘 가시는 곳이 있어요. 내가 안 따라 나오면 저 양반, 병원 간다고 나와서는 거기 가서 며칠을 있다 올

겁니다. 그러고는 집에 와서도 또 며칠을 먼 산만 보면서 지낼
거예요."

　할머니는 눈물이 맺히려는 걸 간신히 참으며 말을 이으셨다.

　"그거 보기 안쓰러워서 이 몸으로 기어이 제가 따라나섰네
요."

우리는 한참을 말없이 앉아 있을 수밖에 없었다. 할머니는 겨우 일어나 나가시다가는 다시 돌아보며 주위를 두리번거리셨다. 왜 그러시냐고 묻자 "내 가방을 어디다 뒀더라?" 하시며 어기적 어기적 앉아 있던 의자 주위를 살피시는데 진료실 문이 벌컥 열리며 할아버지께서 고개를 안으로 들이밀며 말씀하신다.

"안 나오고 뭐 해? 가방 내가 들고 나왔네."

할아버지는 또 휙 진료실 밖으로 나가버리셨고 할머니는 웃으며 말씀하셨다.

"웬일로 내 가방을 다 들어주네요. 살다 별일 다 보겠네."

두 분께서 진료실 밖으로 나가신 후 두 분의 모습이 안 보일 때까지 나는 문 앞에 우두커니 서 있었다. 나에겐 잊혀졌던 4월의 어느 날이, 할아버지에겐 50여 년 동안 잊을 수 없는 4월의 어느 날이, 할머니에겐 긴 세월 동안 할아버지의 마음을 모른 척 담아 두었던 4월의 어느 날이 지나고 있었다.

여전히 잔인한 4월

—≫≫≫ ≪≪≪—

아무 잘못도 없는 아이들이, 영문도 모른 채 행복해야 할 시간을 빼앗겨버렸던, 그래서 우리 모두 눈물로 가슴을 쳤던, 그 4월이다.

다 같이

젊은 부부가 건강검진 후 결과 상담을 받고 있었다. 부부는 별다른 병이 없었고 평범한 결과 상담을 마치고 진료실을 나서려고 일어서는 중이었다. 그때 마침 상담실 문이 열리고 어느 할머니가 작은 여자아이 한 명을 데리고 상담실로 들어섰다. 아이의 눈에 눈물이 그렁그렁했다.

"이제 다 끝났어. 나가자."

젊은 부부는 딸인 듯한 아이를 돌려세우며 상담실을 빠져나가려 하는데 아이는 울음을 멈추지 않았다. 아이를 데리고 들어온 할머니가 변명하듯 내게 말씀하셨다.

"애가 자기 엄마, 아빠가 무슨 병에 걸려서 수술하는 줄 알고 밖에서부터 자꾸 우네요."

아이 아빠가 멋쩍은 듯 나를 보며 말했다.

"얼마 전에 아이 유치원 친구의 아빠가 돌아가셨다는 얘기를 듣고 이러는 모양이에요."

나는 아이에게 엄마, 아빠는 건강하시니까 걱정 말라는 얘기를 한 후 이어서 무슨 말을 덧붙이려다가 불현듯 목이 메었다.

"엄마 아빠랑 다 같이 행복하게 오래오래 잘 지낼 거야."

왜 갑자기 말을 잇지 못했는지 잘 모르겠다.

큰형님의 지시

-»»»· ·««·

아, 이분!

화면에 뜬 대기환자 명단에서 그분의 이름을 보는 순간, 지난
주 그분을 처음 뵈었을 때 '병력 청취'와 같은 기본적인 문진을
하면서 느꼈던 그의 순박함이 생각나 저절로 미소가 떠올랐다.
종합검진을 받으러 오시는 분들은 예외 없이 검진용 가운을 입
으시는데 평소 입고 다니는 옷이 무엇이었던지 간에 이 가운을
입고 있으면 그분의 사회적 지위나 직업, 경제력 같은 것은 어지
간해서는 간파하기 어렵다. 물론 내가 유독 눈치가 없어서일지
도 모르지만.

아무튼 이분은 50대 초반의 남성이었는데 국내에 몇 명 없을
것으로 여겨지는 아주아주 순박한 이름을 가지고 있었다. 게다

가 검게 그은 피부에 짧게 자른 머리, 둥근 얼굴과 작은 눈은 외모까지 그의 순박함을 그대로 드러내고 있었다. 특히 그분의 순박한 말투와 구수한 사투리는 압권이었다.

"아유~ 병원이 무지하게 좋네유."

나는 그분의 첫인사가 무척 마음에 들었는데 그것은 인사말의 의미보다는 그 어감이 좋았기 때문이다.

"감사합니다."

씽긋 웃으며 대답하자 그분은 나보다 더 휘어지는 눈웃음을 지어 보이셨다. 문진 중간 중간에 "오매~!"라든가 "그려유." 같은 추임새가 들어오면 나는 더 기분이 좋아져서 열심히 이것저것 묻고 설명해드렸었다.

예약시각이 다 되었고, 드디어 그분이 검진 결과를 상담하러 들어오셨다. 그런데 나는 몹시 놀라고 말았다. 짙은 색 양복을 입고 단추를 풀어헤친 와이셔츠 사이로 금목걸이가 빛나고 있었다. 자세히 보니 검은 피부의 둥근 얼굴에는 여기저기 긁힌 자국들이 보이고 특히 왼쪽 눈 밑으로 난 흉터는 분명히 약 1미터 이내의 거리에서 휘두른 커터칼날에 베이고 봉합 없이 아문 것임을 짐작하게 했다. 나는 나도 모르게 침을 꼴깍 삼키고 그분과 반가운(?) 조우의 인사를 나눴는데 그분의 인사가 그렇게 무섭게 느껴질 수가 없었다.

"오랜만이에유. 그간 별고 없으셨지유? 허긴 으사 선생님들이 뭐 별고 있으실 게 있겠어유."

"아, 네⋯."

그나마 대답을 입 밖으로 꺼내지도 못하고 주섬주섬 그분의 결과를 보기 시작했다. 하늘이 도우셨는지 그리 큰 병은 없으셨다.

"큰 병은 없으시네요. 다행입니다."

간신히 결과 상담을 마치면서 이 말을 할까 말까 하다가 인사 치레랍시고 말을 꺼냈다.

"운동을 많이 하셔서 그런지 결과가 좋네요."

그가 기다렸다는 듯이 말을 받았다.

"허긴 제가 있었던 곳이 운동하기엔 시설이 괜찮은 편이었지유. 뭐 거기선 운동 말고는 딱히 할 것도 없었⋯."

그의 이야기가 더 귀에 들어오지 않았다. 양복 소매 사이로 보이는 남자의 팔목에는 문신으로 보이는 청색의 점이 슬쩍슬쩍 보였는데 아마도 용의 꼬리나 잉어의 수염쯤 되지 않을까 싶었다.

"이번에 나와서 검진은 받았는데 어디까지나 큰형님이 하도 받으라 성화여서 받기는 혔지만, 다음 달에 또 들어가면 이제 언제 나올지는 아무도 몰러유."

헉! 이번엔 꽤 큰 거로 한 건 하신 모양이다. 나는 얼른 상담을 마쳐야겠다는 생각뿐이었고 결과지를 서둘러 넘겨 드리고 다급히 꾸벅 인사를 했다.

"네, 안녕히 가세요."

그런데 그는 바로 일어서지 않고 내 이름표를 유심히 보더니 내 이름을 나지막이 한 번 읊조리는 것이었다.

"김정환 선생. 이름 참 좋구먼유. 다음에 혹시 저 볼 일이 있을지 모르겠지만 제 명함 한 장 드릴께유."

아, 당신을 볼 일이 없었으면 좋겠습니다, 싶었지만 어쩔 수 없이 웃으며 명함을 받았는데,

'○○○ university professor ○○○'

응?

"지가 캐나다에서 교수한다고 자리 잡고 있은 지 한 15년 됐시유. 동네 놀러 오시면 한번 연락하셔유. 좋은 데 많이 아니께유."

그는 자리에서 일어나며 날이 꽤 덥다고 양복 웃옷을 벗었는데 용의 꼬리나 잉어의 수염쯤이 있을 것 같던 오른 팔목에는 큰 점 하나가 있었다. 그가 진료실 밖으로 사라지고 난 후로도 나는 한참 정신이 멍했다.

부부의 속사정
-≫≫ ≪≪-

1

종합건강검진을 받은 40대 중년의 부부가 검사 결과를 들으러 오셨다. 결과를 설명하는 나의 관심은 뇌졸중과 심근경색과 같은 심혈관계 질환의 위험과 암 발생 위험에 있었다. 하지만 부부의 관심은 달랐다. 남편의 검사 결과 설명이 다 끝나자 아내 되시는 분께서 다시 확인 차 물으셨다.

"남성 호르몬 수치가 얼마였죠?"

정상 범위인 남성 호르몬 수치 결과를 들으시더니 안 믿긴다는 듯 고개를 갸우뚱하신다. 그리고 남편을 툭 치며 묻는다.

"근데 왜 그 모양이야?"

"……"

2

간혹 외래에서 발기부전 치료제를 처방받아 가시던 70대 남자 당뇨병 환자가 심각한 얼굴로 외래 진료실에 들어오셨다. 이분이 심각한 얼굴로 들어오시면 이유는 한 가지이다. 약효가 약해서 낭패를 보신 것이다. 나는 차분히 위로의 말씀을 드렸다.

"약효가 약해서 낭패를 보셨나요?"

그러자 할아버지께서 어두운 얼굴로 말씀하셨다.

"아니야."

한참 말없이 우두커니 계시더니 근심의 이유를 말씀하셨다.

"마누라한테 걸렸어."

"……"

지켜야 할 선

-》》》 《《《-

환자의 속사정을 알아주지 못하는 의사는 나쁜 의사다. 40대 초반의 부부가 건강검진을 받고 결과 상담을 듣고 있었다. 유방 암 검진을 위한 유방 엑스선 검사에서 '치밀유방'이란 결과가 나 왔고 이에 관해 설명을 하려던 참이었다. 그때 부인 되시는 분께 서 먼저 말을 꺼내셨다.

"그러니까 유방 안에 유선 조직의 밀도가 너무 높다는 얘기잖 아요."

너무 정확한 의미를 알고 계셔서 조금 당황했지만 나는 고개 를 끄덕이며 그렇다고 말했다. 그러자 그녀가 또 말을 이었다.

"즉 유방 크기와 비교해 유선 조직이 과하게 많다는 뜻이죠?"

이 역시 맞는 말이었으므로 나는 또 그렇다고 말했다.

"다시 말하자면 유선 조직의 양에 비해 유방의 크기가 작다는 말도 되겠네요."

아주 틀린 말은 아니었지만 뭔가 느낌이 이상했다. 그러자 그녀가 남편을 바라보며 말했다.

"거봐, 가슴이 작아서 성형 수술을 해야 한다는 의학적 결과가 나온 거라고."

!!!

나는 깜짝 놀라 그런 건 아니라고 말하려는 순간, 그녀가 내 말을 막았다.

"선생님, 나머지는 제가 알아서 할 테니 가만히 계세요."

이미 그녀는 많은 준비를 하고 온 듯했다. 하지만 그녀의 남편도 알 것은 알아야겠기에 나는 보형물을 넣는 수술은 유방 밀도를 낮추는 방법이 아니라는 사실을 친절하고도 자세히 설명해주고 말았다. 그러자 그녀가 나를 원망스럽게 바라보며 말했다.

"다 된 밥에 재를 뿌리시다니."

그녀의 남편이 안도의 한숨을 내쉬었고 그녀는 눈을 흘기며 진료실을 나갔다. 그녀의 사정은 충분히 이해가 갔지만 의사도 지켜야 할 선이 있기에. 죄송합니다.

아직은 좋은 날
-⟫⟩ ⟨⟨⟨-

/
1

　고지혈증으로 약을 처방받아 가는 40대 초반의 남성이 외래를 찾았다. 얼굴이 푸석푸석해 보이고 컨디션이 좋지 않아 보여 무슨 일이 있느냐고 여쭈었더니 어젯밤, 아니 오늘 새벽까지 술을 마셨다고 했다. 고지혈증 환자가 그렇게 술을 많이 마시고 다녀서야 되겠느냐고 일장 연설을 늘어놓으려다가 말았다. 지난번 외래 진료 후 차트에 써 놓은 메모를 보았기 때문이다.

　'운영 중인 가게 접을 예정. 결혼 직전 애인과 결별'

　이후 어찌 되었는지 더 물어보지도 못하고 눈치만 보고 있는데, 그가 겨우 입을 열며 말한다.

　"가게는 아직 하고 있어요. 연말부터 조금 장사가 되기 시작해서 아직까지는 잘 되고 있어요. 가게는 당분간 계속해야겠어요."

"그럼, 결혼은…?"

나는 조심스럽게 물었다.

"그거 하는 게 좋을까요, 안 하는 게 좋을까요?"

그가 나를 보며 씩 웃더니 청첩장을 내밀며 말했다. 나는 그제 야 마음 놓고 잔소리를 실컷 해준 후 환자를 보내 드렸다.

2

고혈압, 당뇨병약을 드시는 할머니가 여느 때와 마찬가지로 약을 타러 오셨다. 오늘은 평소와 달리 뽀얗게 화장도 하시고 옷 도 잘 차려입으셨기에 무슨 좋은 일이 있으시냐고 여쭈었다.

"교수님 만나러 오는 날이니 특별히 신경을 좀 썼어요."

배시시 웃으며 하시는 말씀에 나도 따라 웃으며 약 처방을 내 드리는데 할머니가 슬쩍 물어보시는 것이었다.

"'겨울왕국'이라는 영화 보셨어요?"

"아직 못 봤습니다."

내 대답을 들은 할머니께서 은근 자랑하시듯 말씀하시며 일어 나셨다.

"저 오늘 바깥양반이랑 '겨울왕국' 보러 가기로 했어요."

75

이미 할머니의 뒷모습에는 봄바람이 불고 있는 듯했다. 나도 아내에게 이번 주말에 영화나 보러 가자고 해볼까 생각하며 전화기를 들었다가 피식 웃으며 그냥 내려놓았다.

인생의 복

-))))) (((((-

저녁 회진을 돌고 병동에서 엘리베이터를 타고 내려오는데, 휠체어를 탄 노인과 병동 리노베이션 공사장의 인부가 같은 층에서 함께 엘리베이터에 올랐다. 사람이 가득한 엘리베이터 안에서 나는 하릴없이 문 위에 붙은 번호판 숫자 불빛이 한 층 한 층 내려가는 것을 보고 있었다. 그때 휠체어에 탄 노인이 인부를 향해 말을 꺼냈다.

"그래도 일할 수 있을 때 실컷 일하슈. 그때가 좋더이다."

나는 말을 꺼낸 노인을 한번 쳐다본 후 슬쩍 인부를 바라보았다. 관심을 두지 않아 몰랐는데 놀랍게도 그는 휠체어에 앉은 노인과 비슷한 나이 또래로 보였다. 조금 늘어진 얼굴 위로 벙거지를 눌러 쓴 그의 얼굴엔 검버섯이 군데군데 자리를 잡고 있었다.

공사장 인부와는 잘 어울리지 않는 훤한 얼굴 위로 부스스한 미소가 일더니 그가 침묵을 깨고 말했다.

"아플 수 있을 때 아픈 것도 복이요."

일할 수 있을 때 실컷 일하고, 아플 수 있을 때 아픈 것도 다 제 팔자고 복이려니. 두 노인이 서로 웃으며 주고받으신 덕담이 그 무엇보다 진솔한 삶의 철학으로 내게 다가왔다.

#01

종합건강검진 결과 설명 중 청력 검사에서 약간의 난청이 발견된
50대 중년 여성.

이것은 분명히 새벽까지 시끄러운 소리를 내는 위층 남자 때문일
것이라 하신다. 항의하러 위층에 방문했는데 무시무시한 인상의 남자
가 "이 정도 소리도 못 견딜 거면 단독주택에 사세요."라고 말했다는
것이다. 그리고 하시는 말씀.

"선생님이 위층 남자한테 '당신 때문에 아래층 아주머니 청력이 망
가졌으니 좀 조용히 해주세요.'라고 말씀 좀 해주시면 안 될까요?"

저도… 조용히 살고 싶습니다만.

#02

종합건강검진 결과 갑상선에 작은 물혹이 있었던 것 말고는 별다른
이상이 발견되지 않은 60대 초반의 여성.

검진 결과를 설명하는 상담이 모두 끝나 나가시다가는 갑자기 상담
실로 다시 들어오신다. 같이 온 가족들을 모두 내보낸 후, 망연자실한

표정으로 의자에 걸터앉으시더니 어두운 낯빛으로 물으신다.

"선생님, 솔직하게 말씀해 주세요. 이제 얼마 남은 겁니까?"

상담하실 분은 세 분 남았습니다만.

#03

3년째 외래에서 고혈압, 당뇨약을 처방을 받으시던 60대 후반의 남성.

무언가 할 말이 있으신 듯 진료가 끝났음에도 일어나지 못하고 주저주저하신다. 아마도 밤에 필요한 약(?)을 구하고 싶으신 게 아닐까 짐작되었다. 조심스럽게 물어보니 아니나 다를까 그 약을 몇 알 처방해줄 수 있느냐고 하신다. 몇 가지 종류의 약이 있는데 그중 하나를 처방해드리겠다고 했더니,

"선생님이 드셔 보신 것 중에서 제일 효과 좋은 것으로 부탁합니다."

저, 그 약 필요 없는 사람입니다만.

2

기대어보기도 하였다

기대어보기도 하였다

-)))) ((((-

"교수님, 많이 걱정 돼요?"

마주 앉아서 한참을 말없이 자신을 바라보는 내게 환자분께서
는 지그시 눈웃음을 지으며 말씀을 꺼내셨다. 원래 그날은 이 환
자의 진료 예약이 돼 있지 않은 날이었다. 며칠 전 전화로 외래
에 한번 나와 주십사 부탁을 했는데 그분은 왜냐고 묻지도 않고
그러시겠다고 하셨다.

"이 환자, 김 교수님 환자죠?"

며칠 전, 소화기내과 교수님이 내게 연락을 하셨다. 환자 이름
을 얘기하시는데 나는 단번에 누군지 알아차렸다. 70세 여자 환
자인데 내 외래에서 고혈압, 고지혈증 약을 벌써 5년째 받아 가
시는 분이었다. 착하고 순하다는 표현만으로는 다 나타낼 수 없

는, 곱디고운 분이었다. 늘 어머니 같은 그 마음에 진료 중에도 나는 은근슬쩍 내 마음을 그분께 기대어보기도 하였다. 이 환자는 내게 그런 분이었다.

"내가 얘기하는 것보다는 아무래도 김 교수님이 얘기를 전해 주시는 게 더 나을 것 같아서요."

암 검진 내시경을 하신 소화기내과 교수님은 내가 결과를 직접 설명해드리는 것이 더 낫겠다고 하셨다. 내 생각도 그랬다. 그분께는 내가 직접 말씀드려야겠다고.

결국 말 없는 의사 앞에서 환자는 이미 모든 걸 다 아시겠다는 듯이 웃으셨다. 나는 아주 천천히 또박또박 이야기를 시작했다. 그것은 버티기 위한 방법이었다. 그리고 내 입에서 그 병의 이름이 나왔을 때, 나는 떨리는 목소리를 들키고 싶지 않았는데 그것은 결국 실패하고 말았다. 환자는 웃으셨다. 괜찮다고 의사를 다독여주셨다. 나는 환자분께 소화기내과 교수님을 뵐 차례라고 말씀드렸다. 그러시겠노라며 웃으며 일어나셨다.

오늘 회진을 마치고 나오는 길에 우연히 병원 로비에서 그 환자를 만났다. 나는 걱정스럽고도 궁금한 마음에 어찌하시기로 했나 여쭈었다.

"입원해서 치료해야지요."

여전히 어머니 같은 미소로 대답하시는 환자분의 손을 덥석 잡았다. 나는 잡은 손을 놓지 못하고 서 있었는데 그건 그분의 손에서 우리 엄마의 온기가 느껴졌기 때문이었고, 그분의 말씀에서 우리 엄마의 마음이 들리는 것 같았기 때문이다. 눈물이 날까 봐 움직이지 못하고 서 있었다.

"아직 우리 애들한테는 얘기 못 했어요. 애들이 걱정할까 봐요."

나는 더 아무 말도 할 수 없었다.

그래도 잊을 수 없는 것
-≫≫ ≪≪-

"그동안 어떻게 지내셨어요?"

고지혈증 치료를 위해 수년째 외래를 다니시는 50대 후반의 여성 환자. 그녀는 3년 전 간경화로 오래 투병했던 남편과 사별했고, 2년 전에는 사고로 딸을 잃었다. 그녀가 외래에 올 때마다 지난 3년 전 그리고 2년 전 그녀의 눈물을 눈앞에서 지켜보며 적당한 위로의 말을 건네는 것조차 죄송스러웠던 날들이 생각나 가슴 한쪽이 먹먹해지곤 한다.

그녀는 매번 진료 때마다 묻는 나의 형식적인 질문에도 참으로 열심히 답을 한다.

"아침에 일어나면 과일이랑 우유 한 잔으로 가볍게 아침 먹고 잠깐 운동할 겸 동네를 한 바퀴 돌아요. 점심 먹고 특별한 일 없으면 오후에는 집에 있어요."

나는 그녀에게 바깥출입을 더 자주 하고 사람들도 더 많이 만나는 게 좋지 않겠느냐고 조심스럽게 권했다. 그녀는 빙긋이 웃으며 한참을 있다가 말했다.

"사람들은 꼭 남편은 무얼 하는지, 애들은 무얼 하는지 물어요."

그녀는 눈에 힘을 주어 눈물을 참으려 했다.

"아직은 그런 질문들을 받을 마음의 준비가 안 됐어요."

나는 그녀의 이야기에 고개만 끄덕일 뿐이었고 그녀는 금세 꿋꿋하게 웃으며 말했다.

"이렇게 석 달 잘 살고 나면 또 석 달이 지나고, 또 석 달이 지나고 하다 보면 1년이 지나가겠죠. 그렇게 1년이 지나면 2년, 3년이 지나고 그러다가 언젠가는 마음이 많이 편안해지지 않겠습니까."

그녀가 여전히 웃는 얼굴로 말하며 일어섰다.

"석 달 뒤에 또 올게요."

나 역시 웃으며 그녀에게 인사를 건네려는데 그녀가 고개를 숙인 채 조그맣게 말했다.

"그래도 잊을 수는 없을 거예요."

그녀는 다시 눈물을 참으려는 듯 조금 머뭇거리다가 다시 웃으며 문을 나섰다.

건강히, 오랫동안 행복하게, 꼭!

>>> <<<

외래로 찾아온 29세 남자 환자는 거의 1년여 만에 병원에 왔지만 단박에 누구인지 알아볼 수 있었다. 그를 처음 본 것은 작년 봄이었는데 건강검진을 받고 결과를 들으러 온 날이었다. 건장하다 못해 비대한 몸집의 한 청년이 꼬부랑 할머니와 함께 들어왔다. 나는 당연히 할머니의 검진 결과를 들으러 온 손자라 생각했는데 사실은 그 반대였다. 28살 된 젊은 손자가 검진을 받았고 할머니가 결과 상담에 따라온 것이었다.

결과는 엉망이었다. 28살의 젊은 프로그래머는 불규칙한 생활에 술과 과식, 흡연과 운동 부족 등등의 온갖 잔소리 거리를 매일매일 몸소 실천해오고 있었으며, 그 결과 40대의 몸을 갖게 되었다. 고도 비만, 고혈압, 당뇨병, 고지혈증, 지방간…. 병도 병이지만 젊은이가 자포자기하듯 삶을 내팽개친 것처럼 보여 나는 그에게 삶의 중요성에 대해 떠들었고 그는 내 이야기를 흘려들을 심산이었는지 꿈쩍도 하지 않고 앉아 있었다. 할머니가 마지못해 내게 이야기를 했다.

"야 에미가 야 어릴 때 일찍 죽었어요. 애비도 당뇨병에 걸려서 시름시름 앓다가 일찍 죽었더래요. 부모도 없이 할마이 손에 크느라 제대로 돌보지도 못했더래요. 그래도 공부 잘해서 번듯한 대학도 나왔고…."

강원도 사투리가 밴 할머니의 이야기는 이어졌다.

"그래도 술, 담배는 좀 줄이라 카는데 야 일하는 기 워낙 고달파서리…."

청년의 삶은 충분히 기구했고 나는 더는 이 청년의 삶에 끼어드는 것이 힘들다 생각했으므로 한 달 치의 약물 처방을 해주는 것으로 상담을 마무리했다. 그리고 그는 1년이 넘도록 병원에 오지 않았었다.

"오랜만이네요. 어쩐 일이세요?"

혹시 뒤늦게라도 그가 건강관리를 시작하려는 것인가 궁금하여 반가운 질문을 던졌다.

"……."

그는 한동안 말이 없었다. 나는 조바심이 나서 무언가 더 묻고 싶었지만 그의 말을 기다려주기로 했다.

"제가 가진 병들을 제대로 치료해보려구요."

나는 은근히 뿌듯한 마음이 들어 그에게 생활 습관의 중요성에 대해 일장연설을 늘어놓은 후 약물 치료에 대해서도 상당히 공을 들여 설명을 해줬다. 그도 이전과는 달리 진지한 자세로 설명을 듣는 것이었다. 반가운 환자의 긴 진료를 마칠 때쯤 그에게 궁금한 것 한 가지를 물었다.

"그런데 1년이 넘도록 그냥 지내시다가 갑자기 병원에 오신 까닭이 있나요?"

그는 한참 침묵했다. 그리고 느릿느릿 입을 열었다.

"지난달에 할머니께서 돌아가셨습니다. 마지막으로 저에게 하신 말씀이…."

그는 애써 울음을 참으려는 듯 말을 멈췄다가 다시 이었다.

"꼭 건강하게, 오랫동안 행복하게 살란 말씀이었습니다."

결국 거구의 29살 청년은 어린아이처럼 진료실 의자에서 눈물을 쏟았고 나는 휴지 몇 장 건네며 그의 어깨를 두드려줄 뿐이었다. 7월의 오후는 그의 발걸음만큼이나 더뎠고 후덥한 열기는 한참이 지나도록 쉽게 가시지 않았다. 누구나 열심히 살아야 할 이유가 있다. 때로 그것은 의무이기도 하다.

부모와 자식

->>> <<<-

아들이 된 지 40년째, 아버지가 된 지 5년째. 나는 아직도 내가 어떤 아들인지 잘 모르겠고, 어떤 아버지가 되어가고 있는지는 더 모르겠다.

건강검진을 받은 어르신께서 결과를 들으러 오셨다. 어르신은 시골에서 오래 사신 분인데 서울 사는 아드님께서 비싼 건강검진을 시켜드린 모양이었다. 가무잡잡한 낯빛에 큼직큼직한 주름이 잡힌 피부는 어르신의 지난 세월이 얼마나 고단했는지 말해주는 듯했다. 어르신은 한여름이라는 계절과 어울리지 않는 옷

차림으로 병원에 오셨다. 머리는 기름을 발라 멋지게 가르마를 타서 넘겼고 흰 와이셔츠에 화려한 넥타이까지 매고 오셨다. 일 년에 몇 번 입지 않는 듯한 정장을 빼입고 의자에 앉아 계신 어르신은 언뜻 우스꽝스러울 정도로 어색해 보이기도 했고 보는 사람조차 불편해지는 차림이었다. 나는 괜한 오지랖으로 능청을 부리며 인사를 건넸다.

"어르신, 날도 더운데 이렇게 멋지게 빼입고 안 오셔도 됩니다. 병원은 편하게 오셔도 되는 곳이에요."

그러자 어르신은 정색을 하고 말씀을 하셨다.

"그런 게 아닙니다. 내가 어떻게 입고 오느냐에 따라 우리 아들 얼굴에 먹칠하는 걸 수도 있는데 어떻게 그럽니까."

나는 그 말씀에 부끄러워 어쩔 줄 몰랐고, 어르신의 낡은 정장은 세상에서 가장 값지고 멋진 정장으로 보였다.

2

교복을 입은 한 남학생이 진료실을 찾았다. 감기에 걸렸다고 감기약을 처방해달라고 했다. 하지만 아무리 보아도 아이는 멀쩡해 보였고 다소 껄렁해 보이기도 했다. 진찰 결과 특별한 이상은 보이지 않았지만 감기약 3일 치를 처방해주며 며칠은 푹 쉬라고 했다. 그러자 아이는 감기몸살로 며칠간 안정이 필요하니 학교에 등교할 수 없다는 소견서를 끊어달라고 했다.

어느 선배로부터 학교에 가기 싫어하는 아이들이 흔히 쓰는 수법 중 하나가 병원에서 소견서나 진료확인서를 끊어가는 것이라고 들은 적 있다. 아마도 방학 기간 중 보충수업에 빠지고 싶은 모양이라는 생각이 들어 나는 단호히 안 된다고 말했고 아이는 조금 머뭇거리더니 알았다고 하며 진료실을 나갔다.

며칠이 지나고 아이는 진짜 방학을 맞았는지 평상복 차림으로 다시 병원에 왔다. 감기는 많이 나았는데 감기약을 조금 더 처방받고 싶다고 했다. 아무리 봐도 멀쩡해 보이는 아이였는데 왜 자꾸 감기약을 처방받아 가는지 알 수가 없었다.

"너, 정말 아픈 것 맞니? 아무리 봐도 넌 정상으로 보이는데."

내 이야기를 듣고 아이는 더 말을 하지 못했다. 아무래도 아이는 겁을 먹은 것 같았다. 조금 부드러운 말투로 아이를 달래보았다.

"감기약을 자꾸 처방받아가는 이유가 뭔지 말해봐."

그제야 아이는 나와 눈도 마주치지 못한 채 입을 떼었다.

"아빠가 감기에 걸리셨는데, 약 사러 갈 시간도 없으시대요."

나는 다시 물었다.

"아무리 그래도 약국에 잠깐 들리실 시간조차 없으셨을까?"

아이는 여전히 눈을 마주치지 못하고 말했다.

"새벽에 일하러 나가셨다가 밤늦게 들어오세요. 병원 가실 시간도 없고 약 지을 시간도 없다고 하셨어요."

잠깐 말을 끊었던 아이는 울먹거리며 말했다.

"제가 일하러 나가려고 했었어요. 아빠는 좀 쉬셔야 할 것 같아서…."

나는 아이에게 미안하다는 말조차 할 수 없었다. 어떤 말이든 지금의 아이에겐 눈물을 쏟아낼 것 같았기 때문이었다. 대신 어른이 되어가는 녀석의 어깨를 한번 툭 쳐주었다. 아이는 울음을 참는 듯 혹은 멋쩍은 듯 사춘기 소년의 어색한 웃음을 지으며 일어섰다. 처음 병원에 들어섰을 때보다 아이가 훨씬 더 커 보였다.

자신을 안다는 것은
얼마나 어려운 일인가
-》》》 《《《-

1

"지는 그저 교수님만 믿고 다니는 것잉께, 알아서 잘 해주시오, 잉."

80대 중반의 할머니 환자는 긴 설명이 끝나면 항상 이 말씀을 붙이신다. 내 설명을 잘 못 알아듣겠으니 그저 알아서 처방해달라는 말씀이신 것도 같고 지금처럼 계속 설명해달라는 말씀이신 것 같기도 하다. 오늘도 외래에 오셔서는 그 맑은 눈망울로 나를 빤히 쳐다보고 계신다.

"피검사 결과는 다 좋네요. 지난번 검사 결과와 비슷합니다."

혈액 검사 결과를 설명해드려야 하겠지만 또 설명해 드려봐야 그저 알아서 해달라고 하시겠지 싶어 얼렁뚱땅 넘어갔다. 그러자 80대 중반의, 정확하게는 만 86세의 할머니는 여전히 그 맑은 눈망울로 나를 바라보시면서 다시 물어보셨다.

"그랑께, 당화혈색소가 이번 참에는 얼마 나온 거시오? LDL은 잘 떨어진 게 맞소, 잉?"

나는 몹시 당황했다. 할머니는 그동안 내 설명을 모두 다 기억하고 계셨다. 나는 할머니를 잘 몰랐을 뿐 아니라 내가 어떻게 환자를 보고 있었는지조차 잘 몰랐던 것이다.

2

오전 외래 진료를 마칠 무렵이었다. 30분 전에 혈액 검사 처방을 받아 가셨던 60대 초반의 여자 환자가 다시 진료실로 들어오셨다.

"혹시 이번에 제 혈액형도 좀 알 수 있을까요?"

뜬금없는 말씀에 나는 웃음이 났지만 어차피 혈액 검사를 하실 예정이라 안 될 이유도 없었다.

"그런데 그거 아셔도 쓸데는 별로 없어요."

내가 웃으며 말씀드리자 환자는 무척 쑥스러워하시며 말씀하셨다.

"그냥 궁금해서요. 남들이 혈액형이 뭐냐고 물어보는데 대답을 못 해서…."

그러다 갑자기 말씀을 멈추더니 다시 이야기를 시작하셨다.

"작년 이맘때, 친정어머니께서 아흔여섯에 돌아가셨어요. 어머니 돌아가신 후에 왜 그런지 갑자기 어머니 혈액형이 뭐였는지 궁금했어요. 그런데 아무도 아는 사람이 없더군요. 그게 그렇게 서운하고 아쉬운 마음이 들더라구요. 그래서 저는 제 아들한테 내 혈액형이 뭔지 꼭 알려줘야겠다는 생각이 들었어요."

그럴 수도 있겠다 싶어 기꺼이 혈액형 검사 처방을 내드렸다. 그러자 환자는 일어서며 미처 **다** 못한 말씀을 이으셨다.

"사실은, 제가 친어머니가 누군지도 모르고 부잣집에 입양되어 지금껏 산 사람입니다. 당시에는 참 운이 좋게 자란 경우였지요."

나는 몹시 놀랐고 놀란 티를 내지 않으려 애썼지만 그러지 못했다. 환자는 내 당황한 모습을 보며 빙긋 웃으시더니 이야기를 이어가셨다.

"그런데 저도 자식 복이 없어서, 지금 교수님만 한 제 아들도 사실은 입양해서 키운 자식입니다."

어쩌면 피붙이보다 이들에게 혈액형이 더 소중한 기억이 될지도 모른다는 생각이 들었다.

나는 당신이
일 년 전에 한 일을 알고 있다

-»»» «««-

작년 요맘때 건강검진을 받으셨던 분들이 1년 만에 다시 건강검진을 받으러 병원에 오셨다. 그들의 상담 차트에는 짧은 메모가 붙어 있는 경우가 있다. 그들을 기억하기 위해 내가 작년에 써 두었던 말들이다.

1

'말레이시아 지사 발령. 조만간 출국 예정'

얼굴이 검게 그은 50대 초반의 남성이 검진결과 상담을 위해 1년 만에 병원을 찾았다. 나는 그의 검진 결과를 훑어보다가 작년에 써 두었던 메모를 보고 그에게 물었다.

"말레이시아 생활은 어떠세요?"

그는 깜짝 놀라며 어떻게 알았느냐고 물어보셨다. 나는 괜히 장난기가 발동하여 웃으며 말씀드렸다.

"제 기억력이 얼마나 좋은데요."

그러자 그도 역시 웃으며 말했다.

"제 기억에는 선생님께서 말레이시아 가는 것 차트에 기록해 두겠다고 말씀하셨던 것 같은데요. 제 기억력이 얼마나 좋은데요."

앗!

나는 장난스러운 웃음을 한 번 더 짓는 것으로 대충 상황을 마무리하며 새로운 메모를 남겼다.

'기억력 엄청 좋으심.'

2

'미혼', '눈웃음'

40대 초반의 여성이 작년에 이어 올해도 건강검진을 받으셨다. 그녀의 차트에는 '미혼'이라는 기록과 함께 '눈웃음'이라는 뜻을 알 수 없는 메모가 붙어 있었다. 아마도 무언가 메모를 쓰다가 다 쓰지 못한 채 저장을 한 것 같았다.

'미혼'이라는 말은 자궁경부암 검사를 해도 되는지 확인을 꼭 받아야 한다는 의미로 써 놨을 것으로되 도대체 '눈웃음'이란 메모의 뜻은 무엇이었을까. 순간 그녀가 내게 눈웃음을 자꾸 날리니 조심하라는 경고였을 것이라는 확신이 들었다. 그리하여 나는 그녀의 동태를 살피며 딱딱하고도 권위적인 얼굴과 말투로 검진 결과를 설명하였다. 그녀의 눈웃음이 끼어들 틈을 주지 않겠다는 의지의 표현이랄까. 그녀도 내 눈치를 살피는 듯 자신의 검진 결과를 들었고 모든 상담이 끝나자 그녀가 조심스럽게 내게 물었다.

"선생님, 혹시 오늘 기분 안 좋으세요?"

역시나 그녀는 내게 흑심을 품고 있었다는 게 분명해졌다. 나는 더욱더 엄숙하고도 진중한 얼굴로 그녀를 쳐다보았다.

"작년에는 선생님께서 웃으면서 상담해주셔서 좋았는데요. 선생님 눈웃음이 참 예쁘다고 제가 말씀드렸는데 기억 못 하시나 봐요."

앗!

나는 그제야 그녀를 향해 방긋 웃어드렸고 그녀도 나를 향해 방긋 웃더니 외래를 나갔다. 그녀의 차트 메모에 있는 '눈웃음' 뒤에 이었어야 했던 말을 마저 써 두었다.

'눈웃음 지으며 설명해드릴 것.'

어른의 의무

얼마 전 지인과의 술자리에서 나눈 이야기이다.

"엄마 뱃속에 든 아기에게 심한 기형이 있다는 걸 알았을 때 어떻게 해야 할까?"

많은 이야기를 나눈 끝에 당도한 결론은 '외국에 나가서 아기를 낳고 그곳에서 키우는 게 제일 좋겠다.'였다. 씁쓸한 결론이었지만 어떻게 반박할 수가 없었다. 내 아이였다면 어땠을까 생각해보면, 진실로 이 땅에 몸이 불편한 아이들에게 미안한 마음을 감출 수가 없다.

세상의 모든 어른은 세상의 모든 아이들이 잘 자랄 수 있도록 노력해야 할 의무가 있다. 이 사실은 점점 어른이 되어가면서 아이들에게 미안해지는 이유이기도 하다.

뿌리칠 수 없는 촌지

-»»» «««-

1

할머니는 말끝마다 "나, 이제 죽는갑다."라고 중얼거리셨다. 며칠째 열이 펄펄 끓고 밥 한술 제대로 뜨지 못하신다고 아드님과 며느리 손에 이끌려 병원을 찾으신, 나이 여든의 할머니는 꼬장꼬장한 목소리로 "나, 이제 죽을라는디 뭔 소용이 있간디."라고 말씀하셨다. 할머니는 결국 신우신염으로 진단되어 입원 치료를 받으셨는데 입원 중에도 내내 그런 말씀을 하셨다.

완쾌되어 퇴원하신 할머니께서 외래를 찾아오셨다. 할머니의 발걸음은 믿기지 않을 만큼 씩씩했고 표정도 좋아 보이셨다.

"할머님, 괜찮으시죠?"

할머니는 그간 밥도 잘 드시고 동네 복지관에도 드나드실 만큼 컨디션이 좋아지셨다면서 연신 고맙다 하시더니 한 가지 물어볼 것이 있다고 하셨다.

"선상님 보시기에 나, 몇 살까지 살 것 같소?"

너무 어려운 질문이라 정확히 말씀은 못 드리겠지만 한 10년은 더 사시지 않겠느냐 했다. 내 대답을 들으신 할머니는 편안하면서도 소녀 같은 미소를 지으시며 말씀하셨다.

"요새 복지관에서 뭐 만드는 거 배우는 게 있는디 고거 잘 만들 때까정 연습해가지고 다음에 병원 올 때는 선상님한테 드릴라요."

나는 궁금해서 그게 뭐냐고 여쭤보았다.

"꽃을 꾹꾹 눌러서 뭐 만드는 게 있는디 그걸로 제대로 작품 만들라면 한 몇 년 해야 한다고 합디다."

아마도 압화공예를 배우고 계신 것 같았다.

"내가 다음에 또 입원하게 되면, 아마 그때는 다시는 못 일어날 것이 분명허요. 그때까정 나가 작품 하나 잘 만들어둘텡께 그때 입원하면 고거 꼭 선상님께 드릴 테니 잘 간직혀 주소."

다음 입원의 촌지를 미리 언질 받은 나는 그런 소리 마시라고 손사래 쳤지만 아마도 할머니께서 주시는 압화 공예 촌지는 넙죽 받게 될 것 같은 예감이 들었다.

2

고지혈증, 골다공증으로 오랫동안 내 외래를 다니시다가 건강 검진에서 우연히 위암이 발견되어 수술을 받으신 70세 여자 환자분께서 약을 타러 진료실에 오셨다. 그녀는 나에겐 참으로 어머니 같은 분이셨다.

"수술하시고 많이 힘드셨지요?"

내 인사에 환자는 웃으시며 괜찮다 하셨다. 어제부터 항암 치료를 시작했다고 하시는데 힘든 길에 들어선 그분께 나는 아무런 위로도 드릴 수 없었다. 통상적인 외래 진료를 마치고 일어서며 그녀가 가방에서 무언가를 꺼내시더니 내게 건네주셨다.

"저, 이거 꼭 받아주세요."

병원 1층에 있는 커피 매장에서 커피나 음료를 사 마실 수 있는 쿠폰이었다.

"제가 힘이 없어서 무거운 주스병은 못 들고 오겠더라구요. 제 성의니까 꼭 받아주세요."

나는 수술해주신 선생님께 드리라고 한사코 거절했지만 더는 거절할 수 없었다.

"의사 선생님이라고 드리는 게 아니에요. 제 아들 같아서 드리는 겁니다."

　나는 눈물이 왈칵 나오려는 걸 겨우 참고 커피 쿠폰을 받아들고는 고개 숙여 감사하다고 말씀드렸다. 그녀는 여전히 어머니 같은 미소를 남기시고 금세 자리를 떠났다.

돌아오라, 기억아

"어디가 불편해서 오셨나요?"

외래를 찾은 60대 여자 환자는 말이 없었다. 또 무슨 기구한 사연의 환자가 오셨나 싶지만, 더 묻지 않고 답을 기다려보기로 했다. 우리는 1분 정도 대화 없이 앉아있었는데 1분의 시간이 10분도 더 지난 것처럼 길게 느껴졌다.

"어디가 안 좋으세요?"

더 기다리지 못하고 다시 여쭈었다. 역시나 한참을 기다렸지만 대답 없이 앉아계시던 환자는 비로소 가방에서 종이 한 장을 주섬주섬 꺼내 내게 보여주셨다. 가정의학과 외래 진료 예약 접수증이었다.

"이건 예약증이고요, 왜 진료를 받으러 오셨는지는 얘기해주셔야 알지요."

내가 말을 마치기도 전에 환자는 닭똥 같은 눈물을 뚝뚝 흘리기 시작했다. 이상하다 싶어 진료기록을 조회해보니 어제 신경과 진료를 받으셨고 인지기능 검사를 받으신 기록이 있었다. 그녀는 치매였다. 휴지를 한 장 뽑아 건네드리며 다시 물었다.

"가정의학과에 왜 온 건지 기억이 안 나시는 건가요?"

그녀는 훌쩍이며 고개를 끄덕였다. 그리고 또 우리는 한참을 말없이 앉아있었다. 결국 그녀는 자리에서 일어서며 말했다.

"기억이 나면 그때 다시 올게요."

기억이 송두리째 날아가 버린 토요일 오전 외래의 마지막 환자였다.

운명의 장난

-》》》- -《《《-

36세 동갑내기 직장인이 건강검진을 받았다. 두 명 모두 내시경 검사에서 위궤양으로 의심되는 결과가 나왔고 두 명 모두 조직 검사를 했다.

그중 한 명은 위암이다. 두 사람이 함께 결과를 들으러 올 예정이다. 나는 어떻게 말할 것인가. 이 운명의 장난에 대하여.

마음을 다 담지 못하는 말
-》》》 《《《-

근래 식욕이 부쩍 줄었다는 76세 할머니.

"교수님, 저희 어머니도 시아버님도 이렇게 못 드시기 시작하더니 금세 돌아가셨어요."

우선 최근 할머니의 검사 기록을 조회해보기 위해 컴퓨터 모니터를 바라보았다. 그때 할머니의 작은 목소리에 그만 눈길을 모니터에서 거두어야 했다.

"오래 살아 무엇하냐고 늘 말했는데, 막상 눈앞에 닥친다고 생각하니 겁이 나요."

할머니의 표정에서 두려움은 보이지 않았지만, 목소리는 떨리고 있었다. 나는 무슨 말씀을 드려야 할지 몰라서 그저 할머니의 얼굴을 바라만 보았다. 그렇게 한참 시간이 흐른 뒤에야 할머니는 미소를 지으며 말씀하셨다.

"제 검사 기록이 어떤지 봐주세요. 그리고 필요한 검사가 무엇인지 말씀해주세요."

나는 의사보다 먼저 현실로 돌아온 환자의 손을 그저 한번 잡아드렸다.

아내의 잔소리가 그리운 날

-»» «(-

"내가 이럴 줄 알았어! 으이그!"

피검사 결과를 설명해드리는 중에 할머니의 잔소리가 시작되었다. 할아버지는 떠들 테면 떠들라는 심정인지 눈을 감고 아무 대답도 하지 않으신다.

"그래도 이 정도면 많이 나쁘신 것은 아니니까, 술도 좀 줄이고 음식도 잘 가려 드시고….'

내 이야기가 채 끝나기도 전에 할머니께서 내 말을 가로막으셨다.

"의사 선생이 자꾸 그렇게 괜찮다, 괜찮다 말씀하시니까 이 양반이 정신을 못 차리는 거라구요."

할머니의 역정 화살이 내게로 방향을 옮기는 듯했다. 소나기는 피하고 볼 일이라 나는 일단 할머니 역성을 드는 치사한 방법을 택했다.

"그러게 왜 술을 그렇게 많이 드신데요! 술 그렇게 많이 드시면 큰일 나요. 지금 피검사 결과가 좋다고 매번 좋은 게 아니라구요."

할아버지께 잔소리 좀 하다가 할머니 눈치를 슬쩍 보는데, 분위기가 심상치 않다. 할머니가 이젠 걱정이 가득한 목소리로 묻는다.

"의사 선생, 이 양반 진짜로 큰일 나는 건 아니지요? 그냥 말씀만 그리하신 거지요?"

아, 나는 어느 장단에 춤을 춰야 할지 몰라서 씩 웃어드릴 수밖에 없었다. 그리고 두 분이 진료실에서 나가고 난 후에 아내에게 전화를 걸었다. 그냥 아내의 잔소리가 듣고 싶었다.

진짜 약

어느 노부부가 손을 잡고 외래로 들어섰다. 초진 환자였다.

"안녕하세요. 저와는 처음 뵙네요."

인사를 건네고 어찌 오셨나 여쭤 봤는데 할아버지께서 처방전 하나를 내미신다.

"교수님, 초면에 이런 말씀드려 죄송한데요. 제 아내가 오래전 부터 먹던 약인데 지난주에 추석 준비한다고 바빠서 병원에 못 갔더니 약이 똑 떨어져 버렸지 뭐예요."

"그럼 약을 이틀간 못 드셨겠네요."

"이틀이 아니라 한 일주일 되었어요. 약을 못 먹어서 그런지 어제부터 집사람이 무척 힘들어합니다."

할머니는 말씀도 못 하시겠다는 듯 고개를 푹 숙이고 계셨다. 무슨 병인지, 무슨 약인지 궁금하여 처방전을 봤는데 항불안제

와 항우울제 들이었다.

"제가 약을 처방해드릴 수는 있는데 할머니 상태를 정확히 몰라서 많이 드리지는 못하겠고 우선 일주일 치만 처방해드릴게요. 연휴 끝나면 원래 다니시던 병원에 가셔서 꼭 다시 진료를 받으세요."

할아버지는 그러겠다고 하셨고 인사를 마치고 일어나실 때쯤에서야 할머니가 입을 여셨다.

"저는, 약은 없어도 살 수 있는데 영감 없으면 죽을 것 같아요."

할아버지는 여전히 할머니 손을 꼭 붙잡고 쑥스러운 듯 웃으셨고 나도 함께 웃어드렸다.

너무 말 잘 듣는 병

-》》》 《《《-

의사도 사람이다 보니 내 말을 잘 들어주는 환자에게 더 끌리게 마련이다. 지난봄에 건강검진을 받고 당뇨병과 고지혈증 진단을 받으신 70대 초반의 어르신께서 몇 개월 만에 약을 처방받으러 아침 일찍 외래로 오셨다. 8시 반에 시작하는 외래 시간에 칼같이 맞춰 오신 어르신은 땀을 비 오듯 흘리고 있었다.

"어휴 날이 많이 덥지요? 아침부터 푹푹 찌네요."

땀을 뚝뚝 흘리시는 어르신께 휴지 한 장을 뽑아 드리며 인사를 건네자 어르신은 뜻밖의 대답을 하셨다.

"지난봄에 당뇨병 진단받고, 선생님이 매일 아침 30분씩 걷고 오라고 하셨잖아요. 그래서 오늘 집에서 여기까지 30분 동안 열심히 걸어 왔지요. 버스로 두세 정거장 거리인데 걸을만하네요."

순간, 지난 며칠간 폭염으로 사망한 노인들에 대한 뉴스가 뇌리를 스쳤다.

"아이고 어르신, 그건 제가 봄 날씨에 드린 말씀이고요. 이렇게 무더위에 무리해서 운동하시면 안 돼요. 당분간은 어르신 동네에서 제일 시원한 곳에 계시도록 하세요."

의사의 말을 너무 잘 듣는 환자에게는 연령별, 계절별 적절한 조언이 필요한 법이란 사실을 새삼 깨닫고 나의 무모한 조언이 얼마나 위험할 수 있는가 반성하게 되었다. 그리고….

종일 외래 진료를 다 마치고 5시 반쯤 되어 외래 건물 밖으로 나가려는데 텅 빈 접수 대기실 의자에 한 노파가 구부정하게 쓰러지듯 앉아 계시길래 유심히 보니 아침 일찍 진료를 보고 나가신 바로 그 어르신이었다.

"아니, 어르신 어디 안 좋으세요?"

나는 허둥지둥 달려가 물었다. 어르신은 꾸벅꾸벅 조시다가 나를 보고는 게슴츠레 눈을 뜨시더니 말씀하셨다.

"이 동네에서 제일 시원한 곳이 여기거든요. 하루 종일 여기 있었더니 정말 좋으네. 내일 또 와야겠어요. 허허."

어르신은 기지개를 한번 켜시고는 두리번두리번 주위를 살피며 건물 밖으로 나가셨고, 나는 잠깐 이 동네에서 제일 시원한 자리에 서서 진땀을 식히고는 건물 밖으로 따라나섰다.

동문서답의 이유

-≫≫ ≪≪-

종합검진을 받은 50대 후반 남성의 간에서 작은 혹이 발견되었다. 정확한 진단을 위해 추가 검사가 필요해 보였다.

"CT 촬영을 하시는 게 좋겠습니다."

환자는 심각한 얼굴로 물었다.

"스트레스 때문이라구요?"

나는 다시 또박또박 말씀드렸다.

"아무래도 CT촬영이 필요할 것 같네요."

환자는 더 심각해진 얼굴로 다시 물었다.

"스트레스 해소가 필요하다구요?"

환자의 청력 검사 결과 매우 심각한 난청이 있음을 뒤늦게 확인했다. 물론 환자가 의사의 말을 잘 못 듣거든 청력 확인부터

해야 한다는 뼈저린 교훈을 얻었다. 나는 환자에게 스트레스 해소와 함께 CT 촬영이 필요하다고 60데시벨의 목소리로 외쳐드렸다.

아름다운 뒷모습

외래 진료 중인데 밖이 시끌시끌하다.

"그러니까 어디로 가라고?"

"수납은 1층에서 하시고요, 골다공증 검사는 본관 2층 영상의학과에서 하시고, 다시 이리로 오세요."

"수납은 어디서 하는데?"

"이 건물 1층이요."

"골다공증 검사는 어디서 하라고?"

"제가 여기 다 써드렸어요. 이거 보고 하시면 되요."

"난 이거 봐도 잘 몰라."

외래 진료 후 골다공증 검사를 받고 약물 치료 여부를 정하기로 한 70대 할머니 환자께 외래 조무사가 열심히 설명 중인데 할머니는 계속 이해를 못하신다. 게다가 귀까지 어두우셔서 큰 소리로 외치듯 대화를 나누어야 하니 외래 진료실까지 말소리가 쩌렁쩌렁 울렸다.

그러다 순식간에 외래 대기실이 조용해졌다. 할머니가 검사를 받으러 가신 모양이었다. 평범한 외래 진료가 이어지고 있었고 약 한 시간쯤 지나서 할머니께서 다시 외래 진료실로 들어오셨다. 골다공증 검사를 마치고 결과를 보러 오신 것이다.

"골다공증이 심하셔서 약을 드셔야겠어요."

"네, 그럴 줄 알았어요. 약을 먹어야겠지요."

할머니께 골다공증에 대한 설명과 약물 치료 시 주의할 점 몇 가지를 알려드리다가 문득 한 시간 전 외래 대기실에서 간호조무사와 주고받은 대화가 생각나서 말을 꺼냈다.

"할머니, 골다공증 검사 한번 받으시는데 너무 복잡했죠?"

"나 같이 늙고 무식한 사람들은 무슨 말인지 잘 못 알아들어서 미안해요."

"아니에요, 병원이 복잡해서 저희가 죄송해요."

"그래도 아까 그 젊은 친구가 날 데리고 다니면서 다 해줬으니 망정이지 안 그랬으면 여태 검사도 못 했을 거예요."

"젊은 친구요? 누구 말씀이세요?"

누군가 할머니를 도운 모양이었다.

"아, 왜 방금 전에 나 진료실에 들어오기 전에 여기 진료 보고 나간 총각 있잖아요."

할머니가 외래 진료실을 나가실 때 나도 그분에게 고맙다는 인사를 하려고 급히 밖으로 따라 나와 보니 그는 마침 외래 앞에 서 있었다. 병원 진료에 서툰 할머니가 처방전을 받으면 약국까지도 모셔드리려는 듯 기다리고 있었다. 눈이 마주친 나와 청년은 서로 싱긋 웃으며 눈인사를 주고받았다.

　그는 할머니를 진료하기 직전에 고혈압과 고지혈증 약을 타고 간 환자였는데 부모님 없이 홀로 할머니 밑에서 자라다가 올초에 할머니를 잃고 혼자 사는 스물아홉 살 청년이었다. 그의 할머니 생전에 자신의 건강을 살피지 않아 무던히도 할머니 속을 썩였던. 할머니는 마치 손자 같은지 처음 보는 청년의 뒤를 졸졸 따라 약국으로 향했고 나는 한참을 그들의 뒷모습을 바라보았다.

나눌 수 없는 무게

-》》》 《《《-

　　스물두 살의 앳된 청년이 앞에 앉았다. 그 옆에는 마흔다섯의 젊은 엄마가 앉아 있다. 아들은 오늘 엄마의 보호자로 함께 왔다. 건강검진을 받은 사람들은 '보호자를 꼭 모시고 오라'는 연락을 받으면 무언가 결과에 문제가 있음을 직감하게 마련이다. 어린 아들을 보호자로 데리고 올 리가 없다. 젊은 엄마는 청력에 문제가 있어 잘 듣지 못한다. 그녀의 집에 보호자를 모시고 오라는 연락을 했을 때 그 전화를 대학생 아들이 받았던 모양이다.

　　"어머니께서 잘 듣지 못하시는 모양이네요."
　　"네."
　　그는 덤덤했다. 나는 조심스럽게 물었다.
　　"혹시 아버지는요?"

"안 계세요."

그는 여전히 덤덤했다. 나는 더욱 조심스럽게 물었다.

"저희가 왜 꼭 보호자를 모시고 오라고 연락드렸는지 아세요?"

그는 조금도 흐트러짐 없는 얼굴로 말했다.

"짐작은 하고 있어요. 말씀해주세요."

그의 어머니는 나와 아들 사이에 주고받는 대화를 눈으로 들으려는 듯 정신없이 고개를 돌리다가 문득 손을 들어 대화를 중단시켰다. 그리고 그녀는 메모지에 무언가를 썼다.

'아이는 밖으로 내보내시고 저와 얘기해주세요.'

엄마는 다 큰 아들을 등 떠밀 듯 내보냈고 나와 홀로 마주 앉았다. 삶의 무게는 어차피 혼자 짊어져야 하는 짐이다. 나는 덤덤히 그녀에게 진단명을 필담으로 전해주었다. 그녀는 이미 알고 있었다는 듯 고개를 끄덕였다.

그녀가 문을 열고 진료실 밖으로 나갔을 때 그 무덤덤하던 아들 녀석은 마치 죄를 지은 듯 고개를 숙이고 앉아 있었다. 엄마가 그의 곁으로 다가가 어깨를 툭 치자 그의 눈에서 굵은 눈물 한 방울이 뚝 떨어졌다. 고개를 숙인 채 손등으로 눈물을 쓱 훔쳐 낸 청년은 이내 그 무덤덤한 얼굴로 엄마의 손을 잡고 병원 밖으로 나갔다. 늦가을 찬바람이 유난히 매서운 날이었다.

병원에 오지 못하는 이유
-»» «‹-

70대 중반의 여성이 외래를 찾았다. 어디가 불편하신지 여쭈었으나 주저주저하면서 쉽게 말을 하지 못하셨다. 무슨 증상을 이야기하실지 자못 궁금하여 나는 목을 빼고 그녀의 대답을 기다리고 있었다. 한참이 지나고서야 그녀는 간신히 입을 열었다.

"숨이 답답해요."

일단 말문이 트이고 나니 많은 이야기들이 쏟아져 나오기 시작했다.

"결혼하고 평생 모은 전 재산이 2년 전에 다 날아갔어요. 하나 있는 아들놈이 사업한다고 하나둘 빼간 재산이 이렇게까지 사라질 줄은 몰랐어요."

그녀는 숨이 답답한 것이 아니라 삶이 답답한 듯했다.

"정신건강의학과 진료를 받아 보시지 그러세요."

내 충고를 듣는 둥 마는 둥 그녀가 말했다.

"예전에 우울증으로 오랫동안 다녔더랬지요."

그럼 왜 다시 가보지 않았느냐는 내 말에 또다시 그녀가 입을
닫았다. 침묵의 시간이 꽤 길어지자 어쩔 수 없다는 듯 그녀가
끊겨졌던 말을 다시 이었다.

"우리 집은 이제 기초생활수급자 가정이에요. 의료급여 1종이
구요."

나는 그녀를 말없이 쳐다보았다. 그녀도 말없이 나를 쳐다보
고 있었다. 한참 후 내가 물었다.

"그래서요?"

나의 질문에 그녀는 적잖게 당황한 듯했다.

"그러니까, 저는 의료급여 환자라구요."

나는 또 물었다.

"의료급여 환자인데, 그래서요?"

그녀의 눈에 눈물이 고이기 시작했다. 눈에서 눈물이 뚝뚝 떨
어질 때쯤 그녀는 다시 입을 열었다.

"의료급여인데, 어떻게 병원에 올 수가 있겠어요."

이제야 그녀가 오랫동안 병원을 찾지 못했던 이유를 어렴풋
이 이해할 수 있었다. 부족함 없이 넉넉하게 잘살던 사람이 하루
아침에 의료급여 환자가 되어버린 날부터 그녀는 병원에 발길을
끊은 듯했다. 그래서 나는 또다시 능청스럽게 물었다.

"의료급여 환자라도 병원에 와야지. 왜 못 오신다는 겁니까?"

여전히 그녀는 고개를 들지 못한 채 눈물만 떨구고 있었다. 그녀에게 휴지 한 장을 건네자 그녀가 고개를 들었다. 내가 웃고 있는 걸 보자 그녀도 눈물을 거두며 설핏 웃으신다.

"의료급여 환자지만 병원에는 꼭 오겠습니다."

나는 그녀에게 다시 말했다.

"의료급여 환자니까 병원에 꼭 오세요."

그녀는 몇 가지 호흡 기능과 심장 기능 검사를 받기로 했고 다음 주에 결과를 확인하러 다시 오기로 했다. 물론 다니던 정신건강의학과에도 진료를 보러 가시기로 했다. 그리고 나는, 다음 주에 꼭 그녀가 다시 오기를 바라며 기다리고 있다.

두려운 변명
-》》》- -《《《-

말이 많아진다는 것은 두려움의 또 다른 표현이라는 것을 우리는 알고 있다. 60대 중반의 남성이 검진 결과를 들으러 병원을 찾아왔다. 그는 의자에 앉자마자 많은 이야기를 쏟아냈다.

"내가 젊었을 때부터 술, 담배를 많이 했지요. 요즘 젊은 사람들이야 술, 담배 말고도 즐길 게 많지만 우리 때야 어디 그랬나요. 술 먹고 담배 피면서 돌아다니는 게 다였지요, 뭐."

그는 내가 입을 열 틈을 주지 않고 말을 이었다.

"집사람이 마음고생, 몸고생 많았습니다. 남편이란 사람이 도통 집에 들어 올 생각은 안 하고 허구한 날 술이나 마시고 그랬으니까요. 그래도 돈은 꼬박꼬박 잘 갖다 줬어요. 안 그랬으면 진작 이혼 당했을지도 몰라요."

나는 이제 그의 결과를 얘기해야 할 것 같았다. 그가 말을 잠시 멈췄을 때 내가 이야기를 시작하려고 하자 그는 자기의 순서가 아직 끝나지 않았다는 듯이 급하게 다시 이야기를 시작했다.

"힘든 시절이었습니다. 먹고 살기 참 힘들었지요. 지금도 그렇겠지만 그때 우리는 참 열심히 일했어요. 일해서 돈 버는 것 말고는 다른 게 없었으니까요. 일 말고 할 게 뭐 있겠습니까. 그러니 낙이라는 게 일 끝나고 동료들이랑 한잔 걸치는 것밖에 더 있겠어요? 그렇게 한 잔 두 잔 하다보면 금세 밤이 지나고 통금이 오면 또 어디든 들어가 한잔 더 하고 새벽에 집에 들어가는 게 그때는 일상이었어요."

그의 눈동자가 흔들리고 있었다.

"아이들 시집 장가 다 보내고 나니 그제야 정신이 들더라구요. 집사람이 그 돈 차곡차곡 모아 애들 공부 시키고 뒷바라지했겠구나 싶은 생각이 드니까 나도 이제 술도 줄이고 담배도 끊어야겠다는 생각을 했습니다. 그래서 몇 달 전 둘째 장가보내면서 담배를 끊었습니다. 술도 많이 줄였구요. 이제는 고생한 아내에게 더 잘해주기로 마음먹었습니다."

그의 변명과도 같았던 긴 이야기는 이렇게 끝났다. 이제 내가 말할 차례였다.

"결과가 나왔습니다."

그의 눈동자는 이미 초점이 흐려진 상태였다. 내 짧은 이야기가 끝나자 우리는 더는 아무 말도 할 수 없었다.

마침내 떨리는 목소리로 그가 물었다.

"치료를 받으면 되겠지요?"

나는 고개를 쉽게 끄덕일 수 없었다. 그는 더 앉아있기 힘들겠다는 듯 의자를 뒤로 밀어제치며 일어섰다.

"알겠습니다. 괜찮습니다."

시간은 누구에게도 두 번의 기회를 주지 않는다고 하지만 기회는 스스로 다시 만들 수도 있다는 것을 우리는 알고 있다. 나는 진료실을 나서는 그의 무거운 뒷모습을 향해 그의 두 번째 기회가 허무하게 끝나지 않기를 간절히 기도했다.

불행 예방 접종

1

며칠 전 독감 예방 접종을 하고 간 70대 할머니는 치매환자였다. 그날 같이 온 며느님과 함께 할머니가 외래로 들어오시길래 혹시 주사를 맞고 무슨 문제가 생긴 것인가 싶어 걱정이 되어다시 들여다보았다. 그런데 접수 환자의 이름이 할머니가 아니었다.

"오늘은 제가 예방접종 맞으러 왔어요."

며느님이 웃으며 말씀하신다.

"그날 집에 가서 어머님께 혼났어요."

"왜요?"

"어머님만 주사 맞고 저는 주사 안 맞았다고 뭐라 하시는 거예요."

치매환자라 어린아이처럼 자기만 주사를 맞았다고 투정을 부리신 모양이라 생각하며 따라 웃는데 할머니께서 또박또박 말씀하셨다.

"나 혼자 오래 살겠다고 주사 맞는 건 안 되는 일이여. 울 아가도 주사 맞고 같이 오래 살아야혀."

며느님이 여전히 웃으며 할머니의 손을 잡고 계셨다. 나는 할머니의 깊은 속을 헤아리지 못한 어리석음과 처음부터 주사를 함께 맞으시라고 권하지 않아 두 번이나 걸음하게 만든 의사의 무심함을 스스로 탓하며 주사 처방을 내드렸다. 할머니는 며느님 손을 꼭 붙잡고 아장아장 걸어 외래를 나가셨다.

2

"작년에 여기서 주사를 맞았더니 감기도 안 걸리고 참 좋드만요."

독감 예방 접종을 맞으러 오신 어느 할머니께서 말씀하셨다.

"이 주사는 감기 예방주사가 아니에요. 유행성 독감을 예방해주는 주사에요. 이 주사 맞아도 감기는 걸릴 수 있어요."

나는 꽤나 유식한 척 설명을 드렸다.

"아니여라, 내가 작년에 여기서 선상님이 맞으란 주사를 맞고 감기 한 번 안 걸리고 겨울을 났당께요."

할머니는 여전히 뜻을 굽히지 않으셨다.

"아니, 그게 아니구요."

"그런 소리 마시시오. 세상은 사람이 믿는 대로 되게 되어 있는 것이요. 이 주사 맞고 감기 안 걸린다 믿으면 그리 되는 것이랑께요."

나는 더 말을 이을 수 없었다.

"선상님, 그게 세상 이치인 것이요."

할머니가 말씀을 마칠 때쯤에서야 나는 깨달았다. 의학이 뭐 그리 대단한 지식이고 뭐 그리 대수인가. 세상 살아가는 이치의 한 부분일 뿐인 것을. 그리고 나는 생각했다. 나는 아직 진짜 의사가 되려면 멀었다. 할머니가 나가시는 등 뒤에서 나는 할머니의 가르침에 감사의 인사를 꾸벅 올렸다.

수명 연장의 비밀

마른 나뭇가지처럼 앙상한 할아버지가 휠체어를 타고 오셨다. 할아버지 뒤에는 손자쯤으로 보이는 젊은 남자가 서 있었는데 할아버지를 대신해 그가 내게 이야기를 했다. 할아버지는 오늘 독감 예방접종을 하러 병원에 오셨다.

"안 맞으시는 것 보다는 훨씬 낫지만 독감 예방 접종 시기가 조금 늦으셨네요. 내년에는 주사를 좀 일찍 맞으러 오세요."

나는 웃으며 얘기했지만 할아버지는 여전히 아무 말씀도 없으셨다. 그리고 주사 처방을 마칠 즈음 할아버지가 겨우 입을 떼셨다.

"내년까지 살아 있을라나 모르겠소."

손자가 얼른 말을 받았다.

"할아버지, 왜 그런 말씀을 하세요. 이제 증손자도 보셨으니까 오래오래 사셔야지요."

손자는 웃음 띤 얼굴로 말을 잇다가 나를 보며 말했다.

"그렇게 독감 예방 접종 맞으시라고 해도 안 맞고 계시다가 증손자 보시더니 얼른 가서 주사 맞고 오겠다고 하시잖아요."

손자가 할아버지의 휠체어를 밀고 진료실을 나가면서 진료실 문이 활짝 열리자, 대기실에서 두툼한 포대기에 싸인 아주아주 작은 아기를 할아버지의 손자며느리가 안고 서 있는 것이 보였다. 할아버지는 휠체어를 타고 나가시면서 증손자를 향해 손을 뻗으시며 소리 내어 웃으셨다. 그러고는 힐끗 나를 향해 돌아보며 말씀하셨다.

"내년에 또 봅시다."

#1

의사: 어디가 불편해서 오셨나요?

환자: 속이 메스껍고 머리가 아파요.

의사: 언제부터 그러셨죠?

환자: 오늘 아침부터요.

(잠시 침묵)

의사: 혹시 어제 술 많이 드셨어요?

환자: 어? 어떻게 아셨어요?

의사: 아직도 술 냄새가 납니다.

✚ 처방 조퇴하고 푹 쉬시면 좋아집니다.

#2

의사: 어디가 불편해서 오셨나요?

환자: 살이 많이 빠졌어요.

의사: 얼마나 많이 빠졌나요?

환자: 두 달 사이에 7~8kg 정도요.

의사: 많이 빠지긴 했네요. 다른 증상은 없으시고요?

환자: 몸이 가벼워져서 컨디션은 좋아요.

(잠시 침묵)

의사: 혹시 두 달 전부터 다이어트 하신 거 아니에요?

환자: 네.

의사: 드시는 양을 일부러 줄이신 거예요?

환자: 네.

✚ 처방 원래 드시던 대로 드시면 다시 살이 찔 겁니다.

_____

#3

의사: 어디가 불편해서 오셨나요?

환자: 굉장히 피곤합니다.

의사: 피로감이 심해지신 게 얼마나 되었나요?

환자: 일주일쯤 된 것 같아요.

의사: 일주일 전부터 무슨 변화가 있었나요?

환자: 무슨 말씀이신지?

의사: 예를 들어 이사를 했다든지 직장을 옮겼다든지….

환자: 그런 건 아닌데….

의사: ?

환자: 일이 좀 많아지기는 했어요.

(잠시 침묵)

의사: 혹시 잠을 잘 못 주무시는 거 아니에요?

환자: 그러기는 해요.

의사: 얼마나 못 주무시는데요?

환자: 일주일 내내 하루에 한 두 시간밖에 못 자요. 프로젝트 발표
　　　가 내일 모레라서요.

✚ 처방 프로젝트 끝나고 며칠 쉬면 괜찮아지실 겁니다.

3

우리가 진짜 배워야 할 것

초심

나는 의과대학에 가기 싫었다. 더 정확하게 말하자면 의사가 되기 싫었다. 지금도 그렇지만 사회에서 의사를 바라보는 시각이란 '그저 돈, 돈, 돈만 아는 사기꾼', '잘난 척하고 제 잘난 맛에 사는 무뢰한' 뭐 이런 시각이 지배적이었기에 나는 적어도 그런 류에 속하고 싶지는 않았기 때문이었다. 그러나 운명이란 게 어찌나 야속한지 나는 어쩌다 의과대학에 들어가게 되었다. 하지만 뜻하지 않았던 공부라 학업에 영 흥미가 없었다. 강의실보다는 학교 주변을 맴돌던 주변인이었던 나는 시큰둥하게 듣던 어느 강의에서 비로소 의사로서 일종의 사명 같은 마음을 느끼게 되었다. 나를 의사가 되게끔 이끌어 주셨던 그 강의실에서 뵈었던 스승님의 얼굴과 또 그때의 그 마음을 가끔 잊고 산 건 아닌지 뜨끔할 때가 있다.

당시 나는 레지던트 1년 차였다.

먹고 사는 건 몹시도 고달픈 것이라는 걸 몸으로 배우는 날들이었다. 하루하루가 견딜 수 있다는 것만으로 다행스러운 날들이었다. 소화기내과에 파견 근무를 시작하고 첫 응급실 당직 날, 내 손으로 입원장을 처음 써서 병실로 올렸던 환자는 우연히 발견된 간암 환자였다. 왜 이제야 병원에, 그것도 야심한 밤중에 긴급히 응급실을 찾았는지 원망스러웠던 말기 간암 환자.

입원 기간 내내 어리숙한 주치의에게 한 번도 인상을 찌푸리지 않았고 버벅거리는 내 어깨를 툭 치며 잘될 거라고 오히려 용기를 주셨던 그분은 내 바람과는 달리 입원 후 한 달을 겨우 넘긴, 예상치 못한 어느 날 갑작스럽게 세상을 뜨셨다. 그가 마지막으로 고통스럽게 온몸을 비틀다가 하신 말씀은 "주치의를 불러 줘."였다고 했다.

다른 병동에 있던 나는 8층 병동의 부름을 받고 무슨 일인지 확인하러 수화기를 들었는데 마침 8층 병동에 심정지 환자가 발생했다는 병원 방송이 울렸고 병동에 전화할 것도 없이 나는 바로 8층 병동으로 뛰어 올라갔다. 그일 것이라는 직감이었다. 병동은 아수라장이었고 병동 스테이션 옆 처치실 문 앞에는 내 예상대로 그의 아내와 젊은 아들 둘이 서성이고 있었다. 내가 헐레벌떡 뛰어오자 아내와 아들들은 나를 붙잡고 어떻게 하느냐며 울먹였다. 나는 그들을 뿌리치고 처치실로 뛰어들어갔다. 내 동료는 그의 몸 위에 올라탄 채로 그에게 심폐소생술을 하는 중이었고 병동 간호사들은 일사불란하게 무슨 주사, 어떤 처치를 할지 준비하고 있었다. 경황이 없어 무엇을 어찌해야 할지 아무 생각도 나지 않았다. 그때 노련한 내과 4년 차 치프 선생님이 내게 말했다.

"말기암 환자입니다. 편안히 보내드리지요."

나는 처치실 밖으로 나가 보호자들을 만났다. 두 아들들은 아버지라고 외치며 울부짖고 있는데 나는 차마 아무 말도 할 수 없었다. 그의 아내는 내 얼굴을 가만히 보고 있다가 묵묵히 고개를 끄덕였다. 보내드리자는 말이었다.

내 첫 입원환자는 그렇게 세상을 떠났다.

사망선고를 하고 무거운 마음으로 병동에서 밤을 맞았다. 수고했다는 담당 교수님의 격려와 이미 이런 경험을 많이 했던 내과 동료들의 위로도 그날 밤에는 위안이 되지 못했다.

새벽 늦은 시각, 일이 손에 잡히지 않던 나는 흰 가운을 걸친 채 그의 빈소를 찾았다. 병원 장례식장으로 내려가는 길의 무거운 발걸음은 멱살잡이를 각오한 신출내기 의사의 마음 같은 것이었다. 두려운 마음으로 들어선 빈소는 늦은 시각이라 썰렁했고 지친 듯 멍하니 앉아 빈소를 지키던 두 아들의 퀭한 얼굴만 보였다. 빈소 앞까지 오기는 했지만 도저히 문상하러 들어갈 용기가 나지 않았던 나는 그대로 돌아 나오려 했다. 그때였다. 그의 큰아들이 나를 보고 신도 신지 않은 채 뛰어나왔고 그의 작은 아들은 내실에 누워 계시던 어머니를 불러내었다. 그의 영정 앞에 한참을 서 있었다. 눈물이 쏟아질까 봐 입술을 꼭 깨문, 아들 뻘 되는 나를 그의 아내가 꼭 끌어안았다. 와줘서 고맙다는 말과 함께.

지하철을 타고 출근하는 길에 문득 옛일이 떠올라 주저리주저리 쓰다 보니 내릴 때가 다 되었다. 초심이 무엇이었는지 떠올려 보는 토요일 아침 출근길이다.

증거가 여기 있는데요

-»» ««-

"어떻게 환자들의 사생활을 모두 기억해?"

전에 누군가가 내게 물은 적이 있다. 환자가 그리 많지 않
으니 오랫동안 외래로 다니신 분들은 중요한 특징이나 일들
을 기억할 수 있지만 그렇지 않은 경우에는 차트에 조그맣게
적어 놓곤 한다. 이제는 전자 차트가 되어 조그맣게 따로 적
지는 못하고 '기타' 란에 한두 줄 정도 중요한 사항이나 꼭 기
억해둘 만한 것들을 적어 놓는다. 예를 들면 이런 것들이다.

'따님 올해 수능 봄. 입시 스트레스로 힘들어 하는 딸 때문에
많이 속상해 함.'

'가게 일이 바빠서 못 오고 남편이 대신 약 타서 감. 자기 때문
에 병 생긴 거라고 미안하다고 함.'

사실 이런 기록은 그들이 말하지 못하는 속마음을 내가 기록
해놓은 것들이다.

1

고3 딸을 둔 엄마인 40대 후반의 여성 환자가 고혈압약을 타
러 오셨다. 오실 때마다 "이놈의 지지배 때문에 아주 속상해 죽
겠어요."라던 그 말씀 속의 고3 따님이 이번엔 함께 등장했다. 나
는 항상 말로만 듣던 그 주인공을 만나게 되어 반가운 마음에 따
님에게도 인사를 건넸다.

"처음 뵙네요. 엄마한테서 얘기 많이 들었어요."
아이는 약간 놀라는 표정을 짓더니 물었다.
"엄마가요? 엄마가 제 얘기를 했어요? 뭐라고 했는데요?"
엄마는 당황한 기색이 역력했고 다소 되바라져 보이는 딸은
쌀쌀맞은 표정으로 말했다.
"공부 못한다고 흉 보셨겠죠 뭐."
엄마는 아니라고 말했지만 팔짱을 끼고 서서 얘기를 하는 딸
은 여전히 시큰둥했다. 나는 지난 외래 때 내가 전자 차트에 써
두었던 메모를 따님에게 보여주었다.

'입시 스트레스로 힘들어 하는 딸 때문에 많이 속상해 함.'

"어머님께선 학생 성적이 좋은지 나쁜지, 공부 잘하는지 못하는지는 지난 1년 동안 말씀하신 적이 없어요. 단지 스트레스 받아서 힘들어하는 모습이 안쓰럽다는 얘기는 많이 하셨어요."

두 모녀는 여전히 무뚝뚝하게 진료실을 나갔지만 창문 너머로 팔짱을 끼고 외래 건물 밖으로 나가는 모녀의 모습을 보며 괜히 혼자 미소가 지어졌다.

2

병원 인근 길거리에서 토스트 가게를 하는 아주머니께서 당뇨약을 타러 두 달 만에 오셨다. 피검사를 하고 오셨는데 이전 검사 결과 보다 다소 나빠져 있었다. 여전히 운동을 하지 못했고 식사 관리도 못하고 계셨다. 나는 늘 하듯이 "당뇨병은 평소 생활 관리가 중요하다."는 일장 훈계를 늘어놓았고 아주머니는 역시 늘 하듯이 삶의 푸념을 내 훈계의 댓구처럼 늘어놓으셨다.

"아이고 그 조그만 가게 안에서 하루 종일 서서 토스트 구워야 하는데 운동을 어떻게 해요. 남는 토스트로 대충 끼니 때워야지 당뇨병이 무슨 유세라고 밥을 차려 먹어요."

그리고 늘 하는 그 말씀을 또 이어서 하시는 것이었다.

"회사 잘 다니던 남편이 괜히 회사 그만두고 이 장사한다고 하는 바람에…."

오늘도 아주머니는 남편 이야기를 하다가 화가 나신 듯 말을 다 잇지 못하셨다. 나는 남편분을 대신해서 답을 해드렸다.

"그래도 지난번에 남편분께서 외래 오셨을 때 굉장히 미안해하시던데요. 자기 때문에 병이 걸린 것 같다고 하시면서요."

아주머니는 잠깐 놀라는 듯하였으나 이내 피식 웃으며 말했다.

"거짓말 하지 마세요. 그 양반이 그런 말 할 사람이 아니에요."

나는 또 전자 차트에 적힌 메모를 보여드리려고 모니터를 아주머니 방향으로 돌리며 말했다.

"못 믿겠으면 한번 보세요. 제가 지난 외래 차트에 바깥양반이 하신 말씀을 적어 놓았다니까요."

하지만 아주머니는 내가 적어 둔 차트 메모를 보지 않으셨다. 그저 창밖을 보면서 연신 웃기만 하셨다.

"그 양반이 그럴 사람이 아니에요."

아주머니는 연신 아닐 거라고 말씀하셨지만 왜 그러신지 진료실에서 나가실 때까지 내내 웃고 계셨다.

살아갈 날들의 문

-≫))》 《((≪-

"허한 기운이라는 게 어떤 건지 아세요?"

건강검진 결과를 상담 받으러 60대 중반의 여성 환자가 내원하셨다. 내시경 검사를 받고 조직 검사를 하셨기에 결과를 살펴보고 있는데 적막을 깨고 뜬금없는 물음을 던지신다.

"치매에 걸린 시어머니 대소변을 받고 병수발을 한 지가 20년이 넘었어요. 그 사이에 시아버님 상도 치렀고요. 아이들 키우고 살림하면서 그 힘든 시간을 이겨낸 것은 순전히 남편 덕이었지요. 그렇게 좋은 사람이 없어요. 하긴 제가 어머니 병시중하면서 한 번도 뭐라 한 적 없으니 이만한 아내도 없다 싶겠지요."

나는 모니터에서 눈을 떼고 그녀의 이야기에 귀를 기울였다.

"남편은 언제나 제 편이었어요. 좋은 것 있으면 다 저부터 갖다 주고 맛있는 것 있으면 다 저부터 먹으라 했어요. 그 사람 없었으면 여태껏 이렇게 살지도 못했을 겁니다."

그녀는 잠깐 숨을 고르듯 말을 쉬었다.

"그 착한 사람이 위암이 있다는 얘기를 듣고 6개월 만에 저 세상으로 갔어요. 작년 봄에 내시경 받고 위암 진단 받더니 겨울을 넘기지 못했지요."

그녀의 목소리가 촉촉이 젖어들기 시작했다.

"이제 누구한테 기대어 살아야 하나 싶었어요. 하늘이 무너지는 것 같더라구요. 그래도 살 수 있었던 것은…."

그녀는 조금씩 울먹이기 시작했다.

"아무것도 모르고 누워 지내던 우리 어머니 때문이었나 봐요. 대소변 치우는 게 그렇게 싫었는데, 밥 안 먹겠다는 노인네 입에 국 말아서 밥 한술 떠먹이는 게 그렇게 싫었는데…."

결국 그녀의 뺨 위로 굵은 눈물이 흐르기 시작했다.

"자기 아들 죽은 건 아시는지 몇 달을 밥도 안 먹고 시름시름 앓으시더니 어머니마저 올봄에 그만 좋은 곳으로 가셨더랬어요. 이제 나도 병수발에서 해방됐다 싶었는데 어느 날 돌아보니 이제 내 곁에 남은 사람은 하나도 없는 것 같았어요. 어머님이라도 계셨더라면 이렇지는 않았을 거예요."

나는 휴지 한 장을 뽑아서 건네 드렸다. 그녀는 눈물을 훔치며 잠시 쉬었다가 말을 이었다.

"저도 매년 건강검진을 받고 내시경 검사를 받습니다. 하지만 조직 검사를 받은 건 이번이 처음이에요. 저도 저지만 아이들이 무척 걱정을 하네요. 저는 괜찮습니다. 이제 죽어도 아쉬울 것 없어요. 먼저 가신 우리 바깥양반이랑 어머님 만나서 또 잘 지낼 생각하면 아무렇지도 않아요. 괜찮습니다.”

나는 그제야 그녀의 검사결과를 다시 훑어보고 그녀가 기다리던 답을 해드렸다.

“아직은 그분들을 만나실 때가 아닌가 봅니다. 검사 결과는 위염입니다.”

검사 결과에 대한 설명을 듣고 그녀는 말없이 한참을 앉아있었다. 눈물은 이미 그친 후였다. 그리고 어떤 결심을 한 듯 일어서며 말했다.

“네, 아직은 제가 이승에서 더 할 일이 남아있는가 보네요. 감사합니다.”

그녀는 내게 인사를 건네며 일어섰고 나는 그녀의 지난 삶에 경의를 표할 길이 없어 함께 일어나서 그녀가 나서는 진료실 문을 열어드렸다. 나는 진심으로 그녀가 살아갈 날들의 문을 열어드리고 싶었다. 문밖에는 찬 겨울바람을 뚫고 따사로운 햇살이 스며들고 있었다.

참 좋으시겠어요

1

"선생님 어머니는 참 좋으시겠어요."

고혈압, 당뇨병, 고지혈증으로 약을 드신 지 오래된 71세 여자 환자께 "누구랑 사세요?"라고 여쭈었더니 시작된 이야기였다.

"내가 서른여덟에 이혼을 하고 삼 형제를 키웠어요. 참 힘든 시절이었지요. 여자 혼자 아이 셋을 국민학교, 중학교, 고등학교 다 보내고 키운다는 건 상상 이상으로 힘든 일이에요. 그래도 참 다행스럽게도 애들이 비뚤어지지 않고 착실하게 잘 컸지요. 셋 중에 큰애랑 막내는 결혼하고 분가해서 잘살고 있고 우리 둘째 가 여태 장가를 안 가고 저랑 같이 살아요."

"둘째 아드님은 올해 몇인데요?"

"올해로 마흔셋이에요."

"얼른 장가보내셔야겠어요."

"얘는 그저 일하고 집에 와서 엄마만 챙기지 장가갈 생각을 안 하네요."

그녀는 잠깐 뜸을 들이다 다시 말을 이었다.

"아이들 잘 키웠다는 얘기 많이 들었어요. 그런데 사실은 형편이 넉넉하지 못해서 애들 공부를 많이 못 시켜준 게 제일 아쉬워요. 우리 아이들도 참 영특한 애들이었는데 다들 어려서부터 기술 배운다고…."

말끝이 흐려지다가 그녀는 나를 보고 말했다.

"선생님 어머니는 시킬 수 있는 만큼 아들한테 공부시켜주셨으니 좋으시겠어요."

그녀가 외래를 나가고도 한참 동안 나는 부끄러운 마음을 감출 수 없었다. 나는 과연 우리 어머니께 어떤 아들이었을까.

2

고지혈증과 지방간으로 외래를 다니는 40대 초반의 남성이 그의 아내와 함께 진료실을 찾았다. 정기적인 혈액 검사에서 여전히 중성지방 수치와 간효소 수치가 높게 나왔기에 나는 술을 줄여라, 운동해라, 기름진 음식은 피하라는 뻔한 잔소리를 하지 않을 수 없었다. 알았다고, 알았다고, 고개를 끄덕이며 멋쩍은 웃음으로 순간을 모면하려는 남편을 대신하여 함께 온 부인이 내게 말했다.

"선생님 사모님은 참 좋으시겠어요."

"네? 왜요?"

내가 당황스러웠던 것은 그녀의 뜬금없는 첫마디 때문이 아니라 이어진 답 때문이었다.

"의사시니까 알아서 술도 안 드시고 건강도 잘 챙기실 테니 이런 잔소리는 안 해도 되잖아요. 게다가 남편이 의사이니 어디 아프다고 하면 알아서 척척 약도 지어주실 테고."

지난 사흘 동안 내리 이어진 술자리로 나도 오늘 아침 아내에게 한소리 들었다는 말은 차마 하지 못한 채 서둘러 부부를 진료실 밖으로 내보내 드렸다. 퇴근길에 집에 전화를 하니 아내의 목소리는 여전히 싸늘했고 오늘 아침부터 감기몸살이 와서 해열제 하나 먹고 누워있다고 했다. 아내의 약도 알아서 척척 지어주지 못한 의사 남편의 무거운 퇴근길이었다.

부부 사기단

-»»»- -«««-

 풀리지 않는 문제의 실마리를 찾는 것이 때로는 아주 쉬운 경우가 있다. 60대 중반의 남자 환자가 '기운이 없다'는 증상을 말하며 외래를 찾았다. 기운이 없다는 것은 아주 모호한 증상이어서 의사로서는 신중하게 봐야 할 문제이다. 나는 집요할 정도로 세심하게 환자의 증상을 물어보았는데 여러 가지 정황으로 미루어 보아 우울증의 가능성이 높아 보였다. 일단은 중대한 질환의 가능성을 염두에 두고 이런저런 검사들을 받도록 했지만 마지막으로 우울증의 가능성에 대해서도 언급하지 않을 수 없었다. 아니나 다를까 환자는 곧바로 수긍했다.

 "제 생각도 그렇습니다. 아마 우울증일 거예요."

 그는 잠시 뜸을 들이더니 말을 이었다.

 "요즘 들어 망할 놈의 마누라가 하도 바가지를 긁어대니 어떤

놈이라고 우울증에 안 걸리겠습니까."

나는 찬찬히 그의 이야기를 들었다. 듣자하니 아내 되는 분이 어지간히도 들들 볶으셨다 싶어 위로의 말씀을 드리고 아내분과의 관계 개선을 위한 방법을 함께 고민해보자고 말씀드렸다. 그리고 다음 외래에 오실 때는 아내분과 함께 오시라고 권했다. 그는 그러겠다고 하고는 진료실을 나섰다.

그와의 진료시간이 꽤 길었던 모양이다. 이어서 진료실에 들어온 60대 초반의 여자 환자는 들어오자마자 한소리를 하신다.

"무슨 얘기를 그렇게 오래 하세요?"

나는 어찌하다 보니 그리되었다며 죄송하다고 사과를 했다. 그리고 어디가 불편해서 병원에 왔는지 물었다.

"요즘 들어 기운이 하나도 없어요."

그녀는 신기하게도 앞의 환자와 똑같은 증상을 말하는 것이었다. 역시나 이런저런 질문들이 이어졌고 그녀와의 대화도 꽤나 길어지고 말았다. 필요한 검사를 하기로 하고 나는 앞의 환자와 마찬가지로 우울증에 대해 언급을 하게 되었다.

"우울증이 맞을 겁니다."

그녀 역시 자신이 우울증일 거라 말했다. 이유가 무엇이라고 생각하느냐는 내 물음에 그녀는 조금도 지체 없이 "속 썩이는 남편 때문이죠."라고 답하는 것이었다. 나는 역시나 또 찬찬히 그

녀의 이야기를 들으며 남편이 참 너무한다 싶은 마음에 그녀를 위로해주었다. 그리고 다음번 외래에 오실 때는 남편분도 함께 오시라고 말씀드렸고 그녀도 그러겠다고 하며 진료실을 나섰다.

일주일의 시간이 흘렀다. 지난주 무기력감으로 진료를 받았던 60대 중반의 남성이 검사 결과를 들으러 오셨다. 좀 어떠시냐고 여쭈었다.

"많이 좋아졌어요."

그는 멋쩍은 듯 웃으며 말했다. 검사 결과도 모두 정상이었다. 혹시나 싶어 아내분도 함께 오셨는지 물어보았다. 그러자 그는 벌떡 일어나 진료실 문을 열더니 아내를 불렀다.

"여보, 들어와 봐."

곧바로 누군가 진료실로 들어오는데 나는 깜짝 놀라고 말았다. 바로 그다음에 들어와야 할 60대 초반의 무기력감을 호소하던 여자 환자였다. 나는 어안이 벙벙하기도 했지만 이 중대한 사실을 알아차리지 못한 나 자신이 원망스럽기도 했다. 하지만 의사의 둔함과는 관계없이 두 분은 스스로 답을 찾으셨던 모양이다.

"그날, 그러니까 지난주에 하도 씩씩거리다가 병원에라도 가야겠다고 집을 나서는데 집사람이 자기도 병원에 가야겠다며 따라 왔지요."

나는 여전히 흥분된 마음을 가라앉히지 못한 채 이야기를 듣고 있었다.

"지난주 진료를 받고 집에 돌아가는 길에 우리 부부 꼴이 하도 우스워 둘이 같이 곱창에 소주 한잔하면서 얘기를 많이 했어요."

아내분께서는 배시시 웃으며 말씀하셨다.

"이제 저희 또 병원에 안 와도 되겠죠?"

두 분 모두 검사 결과는 정상이니 다시는 오시지 말라고 등 떠밀듯이 진료실 밖으로 보내드렸다. 나는 부부 사기단에게 속았다는 우스갯소리를 하며 웃어버리고 말았는데 그것은 두 분의 웃음소리를 듣는 것이 두 분의 짜증을 듣는 것보다 백배는 좋았기 때문이었다.

능력자 부부

-》》》 《《-

　30대 초반의 젊은 부부가 건강검진을 받고 결과 상담을 위해 병원을 찾았다. 아내 되는 분께서는 아기띠를 매고 아기를 안은 채 들어왔다. 언뜻 보니 대략 돌쯤 되어 보이는 아기였다. 나는 16개월 차의 둘째가 있는 아빠의 연륜으로 말했다.

　"조만간 돌잔치 하셔야겠군요."

　두 부부는 화들짝 놀라며 말했다.

　"어? 어떻게 아셨어요? 다음 달에 돌잔치 해요."

　나는 척 보면 다 안다는 듯 이어서 말했다.

　"아기의 분리불안이 심해질 무렵이니 아기 엄마께서 당분간 은 고생을 좀 하시겠네요."

　젊은 부부는 놀랍다는 듯 눈을 동그랗게 뜨고 나를 바라보았 고 젊은 아기 엄마가 물었다.

"선생님 댁에도 아기가 있으세요?"

나는 정확한 대답 대신 애매한 답변을 했다. 사실 내가 SNS에 아이들 얘기를 쓸 때마다 가장 많이 듣는 말이었는데 나도 이 말을 꼭 한 번은 해보고 싶었다.

"참 좋을 때네요."

그러고는 두 부부의 검진 결과를 설명했고 모든 상담이 다 끝난 후 별생각 없이 다시 물었다.

"첫째 아이인가요?"

젊은 부부는 쑥스러운 듯 주저하다가 말했다.

"넷째에요."

끼아악!!!

부부는 아주 능숙하게 칭얼거리는 아기를 달래며 진료실을 나갔고 그들에 비하면 훨씬 못 미치는 육아 경력의 의사는 그 젊은 능력자들 앞에서 어쭙잖게 잘난 척 했던 것이 부끄러워 어쩔 줄을 몰랐다.

아빠 노릇

가족 사이에는 서로를 단단히 묶어주는 어떤 고리가 있다고 믿는다. 그것이 혈육이라는 유전자에 의해 생기는 것이 아니란 것만큼은 확실하다.

4살 된 사내아이를 입양해서 키우고 있는 아주머니께서 늘 타러 오는 몇 가지 약을 처방받으러 외래에 오셨다. 해를 넘겨 이제 아이는 5살이 되었고 이전보다 사내아이의 태가 훨씬 나고 있었다. 진료실에 따라 들어온 아이에게 7살, 3살 사내아이 둘을 키우는 아빠의 내공으로 장난을 조금 쳐 주었더니 까르르 웃으며 곰살맞게도 내게 덥석 안긴다. 진료를 마치고 나는 아이의 머리를 쓰다듬으며 다음에 또 보자고 인사를 했다. 아이는 꾸벅 인사를 하고 대기실에서 기다리는 누나에게 먼저 나갔다. 하지만 환자는 일어설 생각을 안 하신다. 잠시 말을 잇지 못하시고 앉아 있던 환자가 이윽고 입을 열었다.

"아이가 아빠가 없어서 많이 외로운 모양입니다. 어린이집에서도 아빠가 없다고 아이들이 놀리는 것 같아요."

몇 달째 외래에 다니는 환자였지만 고등학교 다니는 큰딸이 하나 있다는 것만 알았지 남편이 없는 줄은 몰랐다.

"아이를 잘 키우려고 데려왔는데 아이가 커갈수록 상처를 받을 것 같아 걱정이에요."

나는 두 달에 한 번씩 오던 환자의 외래 일정을 한 달에 한 번씩 오시도록 바꿔드렸다. 그리고 한 달에 한 번씩은 임시 아빠 노릇을 10분씩 해주기로 했다. 500원짜리 고무 딱지도 몇 개 사 놓고 말이다.

인생을 산다는 것

-》》》 《《《-

바쁜 외래 진료 시간 중에 모르는 번호로 전화가 왔다. 보통 때 같으면 받지 않고 내버려두거나 전화기를 꺼버리는데 타이 밍이 절묘했다. 진료 중 다음 환자가 들어오기까지의 짧은 몇 초 사이에 온 전화를 나도 모르게 받아버렸다.

"어… 정환이냐?"

몹시 오랜만이었지만 익숙한 목소리였다.

"응, 오랜만이다. 나 지금 진료 중이니까 나중에 내가 전화할 게."

전화를 받자마자 다음 환자가 진료를 보러 들어왔고 나는 황 급히 전화를 끊었다. 아마도 녀석이 한국에 잠깐 들어온 모양이 었다.

우리는 우울한 의과대학 시절을 함께 보냈다. 예과 2학년 때, 우리는 수업을 제치고 학교 근처에 있는 녀석의 집에서 한가롭게 시간을 보내는 날이 많았다. 녀석은 기타를 치고 나는 피아노를 두들기면서 되지도 않는 합주를 해보기도 했고, 똘이라는 푸들을 데리고 놀기도 했다. 똘이는 빈집에서 혼자 뒹굴다가 누군가가 놀아준다는 사실만으로도 강아지답게 좋아하면서 안기곤 했다. 그의 집에는 늘 아무도 없었다. 아버지도 어머니도 동생도 아무도 없었다.

여느 날처럼 녀석의 집에서 빈둥거리고 있던 어느 게으른 오후. 그 집 안방 문이 열리고 그의 아버지께서 거실로 나오셨다. 나는 그토록 오랫동안 녀석의 집을 제집 드나들듯이 다니면서도 한 번도 녀석의 아버지를 뵌 적이 없었다. 당연히 집에 안 계실 것으로 생각했기 때문에 제대로 인사를 드릴 생각도 못 했다.

"아, 아, 안녕하세요."

놀란 눈으로 꾸벅 인사를 드리자 아버지께서는 힐끗 나를 보시더니 "그래. 놀아라." 하시고는 방으로 다시 들어가셨다. 이후로도 녀석의 집에 자주 놀러 갔지만 아버지를 뵌 적은 거의 없었다. 녀석과 꽤 친하게 지냈지만 나는 녀석의 가족사에 대해 잘 물어보지 못했다. 가족 사이에 불화가 있다는 것도, 그것이 어떤 피치 못할 사정에 의한 것이었다는 것도, 그리고 이후에 가족들이 다시 화목해졌다는 것도, 그러다 다시 가족들이 뿔뿔이 흩어졌다는 것도 그에게서 들어 본 적이 없다. 다만 나는 그의 곁에서 그의 가족사를 보아왔고 짐작했을 뿐이었다.

어느 무료한 날, 수업 시간 중에 그와 나는 맨 뒷줄 책상에 나란히 앉아 쓸데없는 낙서로 시간을 때우고 있었다. 그가 문득 내 노트에 이렇게 썼다. '미국에 가자' 나는 별 뜻 없이 '응'이라고 답했다. 아마도 이번 방학 때 미국으로 여행을 가자는 말인 줄 알았다. 하지만 그의 말은 '미국에 가서 살자'는 말이었다. 나는 그와의 약속을 지키지 못한 채 여기에 남았고 그는 의사면허를 따고 몇 년 되지 않아 홀연 미국으로 떠나고 말았다.

몇 년에 한 번씩 그가 미국에서 올 때면 그는 나에게 연락을 취했다. 드문드문 이루어지는 그와의 만남은 그저 형식적인 인사와 안부를 묻는 수준이면 충분했다. 하지만 우리는 서로의 생사를 확인하고 돌아서는 것만으로도 다음을 기약하는 준비를 이미 마음속으로 하고 있었다. 외래 진료를 대충 정리할 즈음 전화기를 들여다보았다. 그가 보낸 문자가 와 있었다.

'아버지 상을 당해서 서울에 와 있다. 시간 되면 잠깐 들러라.'

어젯밤 나는 중요한 회의를 내버려두고 녀석을 만나러 장례식장으로 달려갔다. 장례식장은 한산했고 녀석은 여전히 시시껄렁했고 무덤덤했다. 20년 만에 뵌 그의 아버지 영정 앞에 절을 올리며 인사를 드렸다. 그리고 우리는 한적한 자리에 나란히 앉아

예전처럼 인사를 나누고 안부를 물었다. 그게 다였다. 마치 어제 만난 사이처럼 우리는 별 대화 없이 육개장에 밥을 말아 후루룩 먹었다.

"이게 얼마 만이지?"

내 물음에 그가 무언가를 헤아리는 눈빛으로 짐작해보더니 말했다.

"한 3년 되었나, 4년쯤 되었나."

조금 지나자 대학 동기들이 하나둘 모여들기 시작했고 빈소는 시끌시끌해지기 시작했다. 나는 동기들과 인사를 나누고 먼저 자리를 떴다. 녀석과 나는 또 한 3년이나 4년쯤 지나야 만나게 될 것이다. 우리는 그때도 또다시 평범한 인사를 나누고 안부를 물을 것이다. 우리는 그렇게 인생을 살아온 사이였다. 그렇게 다음 만남을 기약하며 살아가는 것이다.

아빠의 마음
->>>> <<<<-

40대 중반의 남성이 몸살기가 있다며 외래로 오셨다. 약간의 미열이 있었고 콧물이 조금 나는 상태라 우선 약을 드시고 주말 내내 푹 쉬시라고 권했다. 그러자 환자는 대뜸 "감기 같은 거 한 번에 낫는 주사는 없습니까?"라고 물어보는 것이었다. 그런 것이 있으면 저부터 우선 맞겠다고 말하고는 웃으며 환자를 보내려 했지만 그는 쉽게 일어날 생각을 하지 않았다.

"선생님, 제가 이번 주말에 꼭 할 일이 있어서 감기로 골골거리고 있으면 안 됩니다. 어떻게 방법이 없겠습니까?"

난감하지만 어쩔 도리가 없다 말씀드리려는데 그가 그새를 참지 못하고 말했다.

"다음 주에 아내가 아이들을 데리고 외국으로 나갑니다. 꼭 이번 주말에 같이 놀아주어야 하거든요."

그러고는 한참을 말없이 있다가 간신히 입을 떼었다.

"이번 주말이 지나면 이제 아이들을 언제 또 볼 수 있을지 모릅니다."

남자의 눈에는 감기보다 더 심한 통증이 맺혀있었고 나는 포도당 수액이라도 맞고 기운을 내시라고 했다. 아빠의 마음을 아는 사람에게는 그것이 감기에 효과가 있느냐 없느냐가 그리 중요하지 않았다.

제일 힘든 환자

의과대학에서 실습을 도는 시절이었다. 회진을 돌다가 병실 앞에 멈춰 선 교수님께서 학생들에게 어려운 질문을 하나 던지셨다.

"의사가 제일 만나기 싫은 환자는 어떤 환자일까?"

우리는 "상태가 위중한 환자", "질문이 많고 말이 많은 환자", "말이 거칠고 까다롭게 구는 환자" 등등의 대답을 했지만 교수님의 답은 달랐다.

"의사로서 제일 힘든 환자는, 더 이상 내가 아무것도 해줄 수 없는 환자다."

1

18세 소녀가 몸이 약하다는 이유로 종합건강검진을 받았다. 내가 보기에는 충분히 건강해 보였고 흔한 사춘기 소녀의 모습이었다. 하지만 엄마의 생각은 많이 달랐다.

"아이가 많이 약해요. 아침에 잘 못 일어나고 몸이 약하니 결석을 많이 했어요. 지각이나 조퇴도 많이 했지요. 다른 아이들처럼 학교에 갈 때 친구들이랑 조잘조잘 수다를 떨면서 가지도 않아요. 머리가 아프다는 얘기를 자주 하고 속도 안 좋아요."

나는 아무리 보아도 엄마의 과한 보호가 아이를 더 힘들게 하는 것처럼 보였다. 조심스럽게 아이의 의견을 물었더니 뜻밖의 대답이 나왔다.

"아침에 늦잠을 자면 엄마가 절 좀 혼내서라도 깨워주면 좋겠어요."

나는 엄마에게 아이의 신체 건강은 지극히 정상이고 정신적으로 좀 더 강해질 필요가 있다는 얘기를 했다. 그러자 아이의 엄마는 수긍할 수 없다는 듯 말했다.

"우리 아이는 너무 몸이 약해요."

모녀가 상담을 마치고 나가는데 소녀가 뒤돌아보더니 내게 인사를 건네며 말한다.

"선생님 고마워요. 그래도 우리 엄마는 바뀌지 않을 거예요."

2

　치매가 있는 70대 할머니가 신우신염으로 입원 치료를 마치고 퇴원하시는 날. 회진을 돌다가 할머니에게 인사를 드렸다.

　"할머니, 퇴원해서 댁에 가셔서도 밥 잘 드시고 약도 잘 드셔야 해요."

　할머니는 누워 계신 채로 고개를 끄덕이다가 내 손을 덥석 잡았다. 그리고 한참을 계시더니 멍울 같은 눈물을 쏟아내셨다. 나는 할머니의 눈물이 멎을 때까지 잠깐 기다려드릴 수밖에 없었다. 할머니 댁에는 역시 치매가 있는 할아버지와 알코올 중독에 빠진 아들이 할머니를 기다리고 있다.

무엇을 근거로 한 기준인가

며칠 전 건강검진을 받은 40대 중반의 남성에게 당뇨병 진단을 내리게 되었다. 그는 자신이 당뇨병이 아니라고 강력히 주장하였다. 흔히 겪는 일이었다. 처음 당뇨병으로 진단 받을 때 순순히 이를 수긍하는 사람은 드문 편이니까. 그는 내게 따지듯 물었다.

"내가 왜 당뇨병이라는 거죠?"

당뇨병 진단 기준에 합당하니까요.

"그 기준은 누가 어떻게 정한 거죠?"

관련된 전문가들이 여러 연구 결과를 토대로 이 기준치 이상이면 건강에 문제가 생긴다는 것을 알아냈으므로 여러 사람들에게 그 기준을 적용하여 개별적인 건강을 보호하기 위해서겠죠.

"그것은 단지 통계적인 결과일 뿐이지 않나요?"

나는 그의 이야기를 더 들어보기로 했다.

"의사들이 정해놓은 진단 기준이라는 것은 단지 개개인을 다루는 데 편리하기 위해 임의로 정해놓은 것이지 않나요? 정말로 모든 사람이 혈당이 얼마 이상이면 문제가 생긴다고 말할 수 있을까요? 대다수가 그렇다 하더라도 그렇지 않은 사람들이 분명히 존재하지 않을까요? 그렇지 않은 사람을 당뇨병이라고 진단하는 것은 너무 의사들의 편의 위주가 아닐까요?"

나는 하고 싶은 말이 많았지만 반박하지 않고 그의 말을 더 들어보았다.

"저는 제 개인적인 기준에 맞춰서 건강을 관리하겠습니다. 저와 관련 없는 사람들의 통계로 제 몸을 평가받고 제 의지와 상관없이 당뇨병 약물을 복용하는 것보다는 제 건강을 제가 더 잘 관리하는 것으로 정하겠습니다."

그는 이미 어떠한 말에도 수긍할 생각이 없어 보였고 나는 더이상의 말없이 그에게 행운을 빌어주었다. 다만 6개월 정도 지나고 다시 한 번 피검사를 해보자는 선에서 타협(!)하는 것으로 진료를 마쳤다.

그의 생각은 정말 옳은 것이었을까. 우리는 왜, 무슨 근거로, 무엇을 위해 기준과 경계를 정해 놓았을까.

영혼 있는 인사

-›››› ‹‹‹‹-

1

병원 로비를 지나쳐 가는데 새로 일을 하기 시작한 인턴 선생님들이 무표정한 표정과 얼굴로 형식적인 묵례를 하고 지나간다. 나 역시 의무적으로 인사를 받으며 몇 걸음 걷는데 이번에는 실습 나온 의과대학 학생들 서넛이 무리를 지어 지나가다가 나를 보더니 멈칫거리며 단체로 꾸벅 인사를 한다. 역시나 묵례로 답인사를 건네고 또 몇 걸음 걷는데 새로 입사한 신규 간호사 선생이 나를 보고 인사 한다.

"어머! 교수님~ 안녕하세요~!"

내가 가르친 간호학과 제자들이 졸업하고 우리 병원으로 새로 들어왔다. 이 녀석들에게 나는 아직 병원의 어려운 선생님이라

기보다는 강의실에서 히죽거리며 함께 수업을 하던 만만한 스승으로 보일 것이다. 하긴 간호학과 학생들이 실습을 나왔을 때는 심지어 뛰어와서 팔짱을 끼던 녀석도 있었다.

영혼 없는 인사들이 난무하는 가운데 반가움에 저도 모르게 소리치는 스스럼없는 인사를 만날 때마다 나는 내 삶의 한 부분이 활짝 피어나는 느낌을 받는다. 삭막하고 싸늘한 병원 공기를 뚫고 진심 어린 미소가 안겨주는 산뜻함이 좋다.

2

30대 후반의 여성이 직장의 복지혜택으로 건강검진을 받고 결과 상담을 하러 내원하였다. 그런데 이 여성분, 상담실에 들어와서부터 상담이 끝날 때까지 자꾸 나를 보며 웃는다. 워낙 뭇 여성들의 인기에 익숙해 있다 하더라도 이런 공간에서의 눈웃음은 참으로 난감하기 그지없다. 검진 결과에는 크게 문제가 될 것이 없었고 결과 상담이 끝날 무렵, '흠흠' 약간의 헛기침과 함께 자연스러운 미소를 곁들여 물어보았다.

"뭔가 좋은 일이 있으신가 봐요?"

그녀가 나를 보며 웃음을 잃지 않은 채 대답했다.

"저, 선생님 페이스북 친구예요."

헉! 그러고 보니 이름은 분명히 내 페친이 맞는데 얼굴이 프로필 사진과 너무….

우리는 잠깐이나마 웃으며 반가운 인사를 나눴다.

3

내 외래로 다니는 환자분께서 종합검진을 받으시고 결과 상담을 듣고 가셨다. 그러고는 나가시면서 걱정스러운 얼굴로 내게 물어보셨다.

"감기 걸리셨어요?"

아, 나는 원래 이른 아침에는 약간 코맹맹이 소리가 나는 데 감기 걸린 것으로 보였나 보다.

"아니요, 괜찮습니다."

괜찮다는 말에도 불구하고 환자께서는 "제가 직접 담근 생강차가 있는데 오늘 오후에 외래에 가져다 둘 테니 꼭 챙겨 드세요."라고 하시는 것이었다. 괜찮은데, 괜찮아요, 정말 괜찮습니다, 라는 말을 그분의 뒤통수에다 몇 번씩 말하면서도 내 얼굴은 주책없이 계속 씩~ 웃고 있었다.

우리가 진짜 배워야 할 것

-»»> «««-

　본과 4학년, 병원에 임상 실습을 나가던 시절이었다. 감염내과 실습생으로 버벅거리면서 여기저기 민폐를 끼치고 다니던 나에게 실습 학생 담당이었던 내과 레지던트 3년 차 선배님께서 커피 한 잔을 사주며 물어보셨다.

　"너, 우리나라 의대생들의 가장 큰 문제가 뭔 줄 알아?"

　의과대학 학생에게 내과 레지던트 3년 차란 존재는 실로 거대한 산등성이 같은 것이어서 어디 감히 말을 가져다 붙이기조차 어려운 대상이거늘 이런 어려운 문제에 어떻게 답을 해야 할지 막막하기만 했다. 역시나 나는 지금 이 선배에게 혼나고 있는 것일 거라는 두려움 섞인 짐작에 일단 자백부터 하고 볼 일이었다.

　"너무 무식하다, 입니다."

　나의 대답에 그 선배는 고개를 저었다.

"공부를 안 한다, 일 것 같습니다."

그는 웃으면서 아니라고 말했다.

"그럼 너무 게으르다는 것 아니겠습니까."

역시 그는 고개를 저었다.

"눈치가 부족하다? 능숙하지 못하다? 선배를 잘 못모신다? 그도 아니면 너무 못생겼다?"

그는 내 어떤 답에도 그렇다고 말하지 않았다. 십여 개의 대답을 빙자한 나 자신의 자기 고백성 대답이 쏟아져 나온 다음에서야 그는 내 모든 고백성 대답은 오답이었다고 말하며 그가 생각하는 정답을 말해주었다.

"우리 의대생들의 가장 큰 문제는 너무 똑똑하고 잘났다는 점이야. 그래서 병원에서 마주치는 사람 중에 의사 선배가 아니면 아무에게도 인사를 하지 않는다는 것이지."

그러고 보니 불과 1년 선배인 인턴 선배에게는 좁쌀만큼 보이게 멀리 있어도 일단 고개부터 꾸벅 숙이고 보지만, 이른 아침 병원에 들어설 때 문 앞에서 처음 마주치는 경비 아저씨, 청소하시는 아주머니, 식당에서 식사를 만들어주시는 분들, 이모뻘 되시는 나이 많은 간호조무사, 심지어 병동에서 일하는 간호사까지, 뻔질나도록 자주 마주치는 그 누구에게도 단 한 번도 인사를 해 본 적이 없었다.

문득 나에게 이런 지적을 하는 내과 3년 차 레지던트 선배의 모습을 돌이켜보니 그는 임상병리실에 들어서면서 마주치는 직원들에게 "안녕하세요?"하고 먼저 인사를 건넸고 병동, 중환자실, 외래에서 함께 일하는 간호사, 간호조무사분들께도 항상 먼저 인사를 했고 청소해주시는 아주머니께도 만날 때마다 감사하다는 인사를 하곤 하셨다. 솔직히 나는 놀랍도록 광범위한 그의 내과 지식에 탄복하곤 했을 뿐 그의 이런 모습을 눈여겨보지도 마음속에 담아 본 적도 없었다는 사실을 그제야 깨달았다.

내가 그에게서 배워야 할 것은 따로 있었다.

젊었을 때 잘하자

-》》》- -《《《-

1

70대 노부부께서 건강검진을 받으시고 결과를 들으러 오셨다. 두 분 모두 특별히 큰 병이 없으셨고 무난하게 상담을 마치려는 참이었다.

"이 양반 결과가 정말 괜찮아요? 다시 잘 좀 봐주세요."

할머니께서는 의아스럽다는 듯이 말씀하셨다. 나는 다시 꼼꼼하게 두 분의 검진 결과를 살펴보았지만 혈액 검사나 내시경 검사, 초음파 검사 결과 모두 큰 이상이 없었다.

"이상하네요, 젊어서부터 그렇게 술, 담배를 마냥 하시는 분인데…."

할머니는 할아버지를 흘겨보시며 말씀하셨고 할아버지는 껄껄 웃으시면서 아무 말씀도 하지 않으셨다. 나는 넌지시 할머니께 농담을 던져보았다.

"그럼, 제가 병을 하나 만들어 드릴까요? 무슨 병을 원하세요?"

내 농담에 할아버지는 또 호쾌하게 껄껄 웃으셨는데 순간 갑작스러운 할머니의 앙칼진 목소리에 할아버지와 나는 그만 웃음이 쏙 들어가 버리고 말았다.

"평생 당신 마음대로 먹고 놀고 했는데 내 허락 없이 아무 병에 걸리기만 해봐요. 확 내쫓아 버릴 테니까!"

할머니는 뭔가 분이 덜 풀리신 듯 자리에서 벌떡 일어나 상담실 밖으로 나가셨고 웃음기가 사라진 할아버지께서는 내게 의미심장한 말씀을 하나 던지고 일어나셨다.

"의사 양반, 젊어서 잘하슈."

2

40대 초반의 남성이 검진 결과를 들으러 오셨다. 역시나 아내분과 함께 들어오셨다. 검사 결과 간효소 수치가 매우 높았고 위염도 심했다. 원인이 무엇일까 알아보려 이야기를 시작하려는데 아니나 다를까 아내 되시는 분께서 콕 찍어서 말씀하신다.

"일주일에 8일을 술 마시고 돌아댕기니 간이고 위고 멀쩡하겠냐."

남편은 멋쩍은 듯이 웃다가 헛기침을 몇 번 하더니 큰소리치듯 말했다.

"아니, 남편이 바깥에서 일하다 보면…."

남편의 말이 채 끝나기도 전에 아내의 타박이 이어진다.

"밖에서 일하는 사람이면 다 그렇게 술 먹고 다닌다고, 누가 그러는데요. 네?!"

그러자 남편분께서 내게 도움을 청하듯 애절한 눈빛으로 물어보신다.

"의사 선생님, 남자들은 다들 그러는 거 아니에요?"

나도 내 살길을 찾아야겠기에 냉정하게 그의 눈길을 피하며 대답했다.

"다 그렇지는 않습니다."

그리고 앞선 환자에게서 들었던 중요한 교훈을 그에게 전해주었다.

"젊어서 잘해야 나중에 뒤탈이 없다고 합니다."

나는 그분이 상담실 밖으로 끌려나가는 모습을 차마 끝까지 바라보지 못했다.

아흔이 넘으신 할머니께서 아무것도 드시지 못한다고 하며 휠체어를 탄 채로 외래에 오셨다. 이 할머니는 자식뻘 되어 보이는 70대 여자분이 모시고 왔다. 언제부터 드시지 못했는지, 다른 증상은 없으신지 등을 여쭙고 있는데 아흔이 넘은 할머니는 귀가 어두우신 건지 내 얘기에 관심이 없으신 건지 혼자 뭐라 뭐라 중얼거리고 계셨다.

"네? 뭐라구요?"

나는 귀를 할머니 얼굴 가까이 가져다 대었다. 그러자 할머니의 말씀을 겨우 들을 수 있었다.

"내가 젊어서 못되게 한 벌을 이제야 받나 보다. 나 신경 쓸 거 없으니 내버려둬두 된다, 얘야."

보호자로 따라오신 70대 여성은 그 작은 소리의 할머니 말씀이 다 들리시는지 뒤에서 조용히 말했다.

"어머님, 인제 그만 하세요. 왜 자꾸 쓸데없는 얘기를 하세요."

아흔이 넘은 시어머니의 어깨에 손을 얹고 있는 70대 며느리의 목소리에는 세월의 흐느낌이 담겨있었다. 할머니는 영양제를 한 대 맞고 가시기로 했고, 며느리는 시어머니의 휠체어를 밀며 진료실에서 나갔다. 오랜 세월을 함께한 고부간의 모습은 그 뒷 모습 자체로 하나의 그림이 되었다.

이것은 이른바 자학 진료

열아홉 살의 여학생이 건강검진을 받고 엄마와 함께 결과 상담을 위해 내원하였다. 아마도 대입시험을 치르고 검진을 받은 모양이었는데 여학생의 관심은 건강상태보다는 체중이나 체지방률에 집중되어 있었다. 그녀의 모친께서 보다못해 한 말씀 하셨다.

"선생님, 이 나이 때에는 조금 통통해도 다 예쁘지 않나요?"

나는 대답했다.

"통통해도 예쁜 건 나이와는 상관없이 원래 예뻐서 그런 겁니다."

여학생은 샐쭉거리며 나를 쳐다보았다. 그래서 나는 또 대답했다.

"나는 자네 나이 때에도 통통했고 나이 마흔이 넘어서도 통통한데 한 번도 잘생겨 본 적이 없네. 자네는 좋겠네."

아이는 그제야 씨익 웃었다.

잠시 후, 소녀의 어머니가 내심 기대에 찬 얼굴로 내게 물었다.

"우리 애가 예쁜 건 유전 때문이지 않을까요?"

소녀가 깔깔 웃으며 엄마를 툭 친다. 나는 냉정하게 말했다.

"유전의 힘을 극복한 사례가 많지요."

소녀는 웃다가 뒤로 넘어갈 지경인데 엄마는 어이없다는 듯 나를 쳐다보았다. 그래서 또 냉정하게 말할 수밖에 없었다.

"우리 집에도 유전을 극복한 아이들이 둘 있습니다."

그제야 아이의 엄마도 조금 웃으신다.

2

열여덟 살 남학생이 이러저러한 이유로 엄마와 함께 외래를 찾았다. 진료가 끝날 무렵, 더 궁금한 것이 있느냐는 내 질문에 아이가 진료와 상관없이 궁금한 걸 물어도 되느냐고 묻는다. 나는 뭐든지 물어보라고 했다.

"제 키가 더 클 수 있을까요?"

아이의 키는 대략 175cm 정도는 되어 보였다. 나는 아이에게 너 정도면 충분히 키가 큰 것 같다고 말했다. 그러자 아이가 간절한 눈빛으로 말했다.

"그래도 더 클 방법이 없을까요?"

나는 말했다.

"나도 진짜 알고 싶다."

의자에 앉은 나를 학생이 유심히 보더니 고개를 끄덕이며 웃음 짓는다. 옆에 계시던 남학생의 엄마가 나를 쳐다보며 도움을 요청하듯 물으신다.

"공부 잘하고 대학 잘가면 키는 하나도 걱정 안 해도 되죠?"

나는 냉정하게 말했다.

"공부 잘해서 대학에 가보니 키 큰 애들이 수두룩하더군요."

아이는 깔깔거리며 웃고 아이 엄마는 어이없다는 듯 웃었다.

에휴, 애먼 사람들 그만 웃기고 집에 가고 싶은 날이다.

우리 나이, 이런 나이

며칠 전 82세 할머니 환자가 외래를 찾았다. 할머니께서는 지난 며칠 동안 너무 입맛이 없어 드시는 양이 줄었고 많이 지친다고 하셨다. 연세 많은 어르신들께서 이유도 없이 입맛이 없고 힘이 든다고 하시면 보통의 병들이 갖는 일반적인 증상 없이도 온갖 병에 대한 가능성이 다 있게 마련이라 상당히 예민하게 진료를 하게 된다.

그리하여 스케줄을 잡아 이러저러한 검사를 한번 해보기로 정하고 오늘은 너무 힘들다 하시니 영양제라도 하나 맞고 가시라고 했다. 영양제가 비싸냐고 되물으시는 할머니께 보호자로 함께 따라온 막내 따님은 그런 걱정하지 마시고 영양제 맞으시라고 거들면서 자기도 하나 맞으면 안 되겠느냐고 묻는데 굳이 맞을 이유도 없지만 또 굳이 맞지 말아야 할 이유도 없어서 그럼 모녀께서 나란히 누워 영양제 하나씩 맞고 가시라고 했다. 할머니와 막내 따님은 그러기로 하고 외래 진료실을 나갔다.

할머니를 진료하고 난 후 몇 명의 환자 진료를 더 본 뒤였다. 이번엔 40대 초반의 여자가 초진 환자로 외래 진료실로 들어왔다. 분명히 우리 병원엔 처음 오신 것으로 되어 있는데 아무리 봐도 눈에 익은 얼굴이다. '어디서 봤더라? 분명히 아는 얼굴인데. 페이스북 친구이신가? 어엇, 주민등록번호 앞자리를 보니 나랑 같은 해 태어났네. 그럼 학교 동창인가?'

온갖 추리를 다 동원해보다가 도저히 궁금증을 참을 수 없어 환자에게 물어보았다.

의사: 우리 병원엔 처음 오신 것으로 되어 있는데, 어디서 뵌 적이 있는 것 같네요.

환자: 그래요? 저는 선생님을 오늘 처음 뵙는데.

의사: 혹시 초등학교는 어디서 나오셨어요?

환자: 저는 잠실에서 학교 다녔어요.

의사: 헉! 저도 국민학교를 잠실에서 나왔거든요.

환자: 어머, 그럼 동창이신가? 저는 △△국민학교 나왔어요.

의사: 아, 저는 ○○국민학교예요.

환자: 그럼 중학교는요? 저는 ㅁㅁ 중학교 나왔는데.

의사: 저는 ☆☆ 중학교 나왔어요.

환자: 그럼 동창도 아닌데. 그런데 어떻게 저를 아실까요?

의사: 그것참. 그나저나 병원엔 어디가 불편해서 오셨지요?

환자: 아까 영양제 맞겠다고 했잖아요. 접수하고 오라고.

의사: !!! 아, 왜 눈에 익었는지 알았습니다. 15분 전 외래 진료 때 보호자로 오셨던 분이군요.

환자: !!! … 괜찮아요. 우리 나이쯤 되면 다 그럴 수 있어요.

의사: ㅠㅠ

가족이란 이런 것

-))))- ((((-

항암 치료로 머리카락이 솜털처럼 흩날려버린 중년의 여자 환자가 마스크를 쓰고 휠체어에 앉아 있다. 그녀의 휠체어는 소아마비로 몸이 불편한 그녀의 아들이 밀고 있다.

위태로운 휠체어 위에 앉아 있는 여인과 위태롭게 휠체어를 미는 아들은 서로 아무 말도 없지만 이미 두 사람 사이에는 위태로움보다 서로에게 기대는 든든함이 가득 스며있었다.

2

    고지혈증약을 정기적으로 처방받아 가는 60대 여자 환자가 외래로 오셨다. 지난번 진료 이후 두 달간 계속 기침을 한다고 하셔서 엑스선 촬영을 하기로 하였다. 흉부 엑스선 촬영 후 검사 결과를 보았다. 정식 판독 결과는 나오지 않았지만 누가 보아도 명백한 폐암이었다. 환자는 내 옆에 앉아 있었고, 나는 차마 환자를 바라보지 못한 채 엑스선 촬영 사진이 펼쳐진 모니터만 말없이 들여다보고 있었다. 환자가 상황을 눈치챈 듯 웃으며 말했다.

    "이제 우리 아들한테 갈 날이 왔나 보네요."

    그녀는 수년 전 불의의 사고로 아들을 잃었는데 그 아들이 나와 나이가 같다고 했다. 나는 더 할 수 있는 말이 없어서 그저 그 여인의 손을 잡아 드릴 수밖에 없었다. 환자는 여전히 웃는 얼굴로 일어섰고 나는 한참 동안 그 뒷모습을 바라보고 있었다.

3

    '그동안은 가난했지만 행복한 가정이었는데, 이제 널 보내니 가난만 남았구나.'라는 글을 보았다.

가족이란 가난도 행복으로 만드는 힘이 있는 것이었다. 가족
이란 이런 것이다.

남편의 책무
-≫≫ ≪≪-

동남아시아 여성인 듯한 환자의 이름이 대기 환자 명단에 떴다. 나는 몇 년 전 비슷한 환자를 진료한 경험이 있는데 그 진료는 나에게는 평생 씻을 수 없는 패착의 순간이었다. 그녀는 건장한 한국 남자와 함께 외래로 왔다. 한국말을 거의 못하는 그녀 대신 함께 온 남자가 그녀가 왜 병원에 왔는지 이야기했다.

"이분이 빈혈이 있다는 이야기를 들었다는데 다시 검사를 좀 해보고 싶어서 왔습니다."

나는 '동남아시아에서 온 이주민에게도 이렇게 진료를 받게 해 주니 참 좋은 분이구나.'하는 (어처구니없는) 생각을 하며 몇 가지 혈액 검사를 했다. 결과는 심한 철 결핍성 빈혈이었다. 나는 즉각 철분 투여를 시작하고 정기적인 검사를 받으실 것을 권했지만 보호자로 함께 온 남자는 알았다고만 하고 약 처방이나 추가 검사는 받지 않겠다고 하더니 함께 온 여자를 데리고 병원을 나가버렸다. 나는 아차 싶었다. 상황이 확실치는 않았지만 꺼림칙한 마음은 어쩔 수 없었다.

그리고 몇 년이 지나 또 비슷한 상황이 생겼다. 이번엔 한 베트남 여성이 고가의 종합건강검진을 받았다. 그리고 결과를 듣기 위해 다시 병원을 방문했는데 건장한 한국 남자와 함께 상담실로 들어왔다. 상담을 시작하기 전 미리 살펴본 검진 결과, 공교롭게도 그녀 역시 심한 철 결핍성 빈혈이 있었다. 나는 문득 수년 전 겪었던 경험이 떠올라 우선 그 남자에게 환자와 어떤 관계인지부터 물었다.

"남편입니다."

남자는 아주 무뚝뚝하게 말했다. 나는 아무래도 그 남자의 말에 믿음이 가지 않았다. 그래서 결과를 말해주어야 하나 어쩌나 주저하고 있었다.

"선생님, 무슨 안 좋은 병이라도 있는 겁니까?"

그 남자가 내게 물었다. 결과를 쉽게 말해주지 않는 것으로 보아 큰 병이 있다고 오해를 할 수도 있을 것 같았다. 더는 물어볼 수도 없어 일단 검사 결과를 설명해드렸다. 심한 빈혈이 있다는 말을 할 때는 그 남자의 눈치를 살피기도 했다. 하지만 남자는 아무런 동요도 없었다.

'뭐지? 다시 베트남으로 돌려보내려는 건가?'

나는 철 결핍성 빈혈에 대해 설명하면서 베트남 여성을 향해 영어로도 짧게 이야기했다. 그러자 그 남자가 말했다.

"영어 못해요. 한국말 잘해요."

나는 그만 머쓱해지고 말았는데 그녀의 웃음 덕분에 다행히 분위기를 망치지는 않았다.

"철분약을 처방해드릴 테니 열심히 잘 드시고 한 달 뒤에 빈혈이 얼마나 좋아지는지 한번 검사해보시죠."

부부는 내 권고를 받아들였고 드디어 그 결과를 들으러 오는 날이었다. 나는 그녀가 병원에 오지 않으면 어떡하나 초조하기까지 했는데 다행히 그동안 약을 잘 먹었는지 검사 결과는 매우 좋았다. 두 부부는 나보다 더 초조한 얼굴로 진료실에 들어왔는데, 나는 반가운 마음에 빈혈 치료가 잘 되고 있다고 떠벌리면서 앞으로 3개월 정도 철분약을 더 드시면 된다고 말씀드렸다. 부부는 비로소 밝은 얼굴로 알겠다며 진료실 밖으로 나갔다.

몇 명의 진료를 더 하고 잠깐 대기 환자가 없는 틈에 화장실도 다녀올 겸 진료실 밖으로 나와 보니 이 부부는 손을 꼭 잡고 병원 복도 의자에 앉아 과자를 나눠 먹고 있었다. 나는 부부를 지나치며 싱긋 웃으면서 목례를 했고 남편은 벌떡 일어나 크게 고

개를 숙여 인사를 했다. 나는 마음속으로 그에게 품었던 의심의
마음을 진심으로 사과했다.

부부의 승부는 언제 끝날까

-》》》· 《《《-

1

70대 노부부께서 건강검진을 받으시고 결과 상담을 위해 내원하셨다. 다행히 두 분 모두 큰 병은 없으셨는데 모든 결과 상담이 다 끝난 후 혹 더 궁금한 것이 있는지 여쭈었다. 그러자 할머니께서 아주 어려운 질문을 하셨다.

"그래서 우리 둘 중에 누가 더 나은가요?"

뜻밖의 질문이라 대답하기 곤란하여 두 분이 비슷하신 거라고 말씀드리고 적당히 마무리 지으려 했는데 할머니께서 발끈하셨다.

"내가 이 양반보다 더 낫지 않아요? 내가 훨씬 건강한 게 아니에요?"

당황해 무어라 선뜻 말하지 못하고 있자 할아버지께서 너털웃음을 지으며 말씀하셨다.

"집사람이 더 낫다고 말씀해주셔야 할 겁니다. 50년을 같이 살아보니 이 사람이 이기고 제가 져야 집안이 편안합디다."

나는 그 말씀에 동의하려고 고개를 끄덕였는데 할머니께서는 더 크게 웃으며 말씀을 이으셨다.

"아이고, 40년을 지고 살았는데 겨우 10년 이긴 것 가지고 이겼다고 할 수 있나요. 앞으로도 계속 제가 이기면서 살 거예요. 뭐든지요."

나는 앞으로 30년은 할머니께서 더 이기고 사실 것이라고 말씀드렸고 그제야 할머니는 만족하신 듯 일어나시며 말씀하셨다.

"그럼 겨우 무승부로 끝나겠네."

치열한 승부를 벌이는 노부부는 선의의 경쟁자답게 손을 맞잡고 상담실 밖으로 나가셨다.

2

30대 초반의 젊은 부부가 건강검진 결과 상담을 위해 상담실로 들어왔다. 자리에 앉자마자 아내분께서 물으셨다.

"내시경 검사는 처음 받아봤는데 결과가 궁금하네요."

나는 결과를 훑어보며 의례적인 질문을 던졌다.

"내시경 검사를 처음 받으시면 좀 힘드셨을 수도 있는데 괜찮으셨어요?"

그러자 남편분이 답했다.

"수면 내시경을 받았더니 아주 편안하고 좋던데요."

남편의 대답이 끝나자 그의 아내가 곧바로 받아치듯 말했다.

"당신은 수면으로 받아서 괜찮았지, 나는 힘들었다구요."

그리고 보니 아내 되시는 분은 수면 내시경이 아닌 일반 내시경 검사를 받으셨다. 같이 수면 내시경을 받으시지 그랬냐고 물었더니 아내분이 말했다.

"둘 다 수면으로 받으면 운전할 사람이 없어서 저는 그냥 검사했어요."

나는 조금 놀라서 부부를 쳐다보았다. 그러자 남편께서 멋쩍은 듯 웃으며 말했다.

"둘 중에 한 명만 수면 내시경을 받을 수 있다고 해서 가위바위보를 했지요."

아내는 분하다는 듯 말을 이었다.

"다음에는 내가 꼭 이길 테니 어디 두고 봅시다."

결과를 모두 설명 드린 후 두 분 모두 건강하다는 최종 결과를 통보해드리자 안도의 한숨을 내쉬며 남편이 말했다.

"다음엔 가위바위보는 하지 말자."

아내도 기쁜 표정으로 남편을 바라보며 그러자고 하는데 남편이 기다렸다는 듯 말했다.

"다음엔 사다리를 타자."

아내는 얄밉다는 듯 남편을 흘겨보더니 남편의 옆구리를 한대 치며 일어섰고 남편은 아픈 시늉을 하며 아내를 따라나섰다. 재미있게 사는 젊은 부부의 다음 승부는 어찌 될지 나도 자못 궁금해지고 말았다.

최선을 다해 살아야 할 책임

-》》》 《《《-

환자를 통해 자신을 돌아볼 수 있다는 것은 의사가 갖는 특권 중 하나인 것 같다.

"건강검진을 받으신 특별한 이유가 있으세요?"

종합병원에서 비싼 돈을 내고 건강검진을 받으신 분들에게 꼭 물어보는 말이다. 이 질문에는 많은 의미를 담고 있다. 평소 건강에 대해 신경을 많이 쓰는 편이냐는 우회적인 물음이기도 했고 어디 불편한 증상이 따로 있는지 넌지시 물어보는 말이기도 하다.

60대 중반의 여자분께서 검진을 받고 결과를 들으러 오셨고 나는 늘 하듯이 똑같은 질문을 던졌다. 으레 이런 질문에는 "그냥요, 정기적인 검진을 받으려고요." "소화가 잘 안 되고 속이 안 좋아요." "어지럽고 힘이 하나도 없어요." 등등 갖가지 답이 나오기 마련이라 찬찬히 결과를 들여다보면서 답을 기다리고 있었는데 아무런 말씀이 없으셨다. 조금 의아해서 힐끗 그분을 쳐다보니 그분은 빙긋이 웃으며 나를 바라보고 계셨다.

"선생님은 왜 건강검진 상담을 하시나요?"

이런 기습적인 질문은 당황스럽다. 어색하게 웃으며 "먹고살려구요."라고 농담 반 진담 반 답변을 드렸더니 그분도 웃으며 답하셨다.

"저도 먹고살려고 검진을 받았어요."

그분이 직접 설문지에 쓰신 과거 병력을 살펴보다가 멈칫하고 말았다. 유방암 수술 후 항암 치료 마침.

"사는 데까지는 열심히 끝까지 살아보려구요."

그녀는 머리 위에 쓴 아름다운 베레모를 살짝 눌러쓰며 또 빙긋 웃으셨다. 나는 내 성의 없는 질문과 대답에 최선을 다해 답하고 물어봐주신 그분께 경의를 표하며 최선을 다해 상담을 해드렸다. 우리는 모두 생의 끝까지 최선을 다해야 할 책임이 있었다.

이건, 비밀이야

-»»» ««-

"김 선생, 종교가 뭐야?"

오랜만에 선배 누님과 점심을 먹다가 갑자기 묻는 말씀에 젓가락질을 멈췄다. 이 선배와 같은 병원에 다니게 되어 알고 지낸지가 7~8년 가까이 되어가지만 여태까지 단 한 번도 종교에 관한 이야기를 해 본 적이 없었던지라 이 질문은 솔직히 당황스러웠다. 드디어 내게 포교 활동을 시작하시는 것인가, 혹시 내게서 종교 편향적인 모습이 보여 지적하시려는 것인가, 아니면 특정 종교에 대한 뒷담화를 하시려는 것인가.

"우리 병원 근처에 내가 봉사활동을 나가는 보육원이 하나 있어. 나는 가톨릭 신자인데 우연히 수녀님들께서 운영하시는 곳이라 봉사활동을 하게 되었지."

아하, 같이 봉사 활동을 하자구요? 그런데 봉사 단체에서 하는 것도 아니고 정말 혼자 개인적인 봉사를 하시는 거예요?

"이 보육원에는 아무 연고도 없는데 정말 우연히 알게 되었어. 내가 뭐 대단한 봉사를 하는 것도 아니고 그냥 일주일에 한 번 정도 가서 그저 아기들 돌봐주고 간식거리 챙겨주는 정도 하고 있어."

으흠. 나도 애 보는 거라면 어지간히 자신 있긴 한데….

"그런데 거기 가보니까 정말 아이들이 하나같이 병을 달고 사는 거야. 한 아이가 감기에 걸리면 줄줄이 돌아가면서 다들 감기에 걸리고, 또 다른 아이가 배탈이 나면 아이들이 한둘씩 돌아가면서 배탈이 나고."

같이 아이들 진료를 보자는 말씀이신가요?

"보육원 수녀님들이 많이 계신 것도 아니다 보니 아이들 아플 때마다 병원을 찾기도 힘들어 보이기도 하고… 그래서 상비약이랑 간식거리랑 뭐 그런 걸 사 들고 원래 찾아가는 날이 아닌데 그냥 한번 찾아간 적이 있었어."

음… 그런데요?

"그런데 그날 마침 한 살 된 조그만 아기가 탈진을 했는지 축 늘어져서 먹지도 못하고 놀지도 못하고 있었대. 수녀님들이 걱정이 되어 "○○병원에서 봉사오시는 선생님께 전화를 걸어보자."고 했다가 "바쁘실 텐데 어떻게 전화를 걸어요. 그냥 응급실로 데리고 갈까요?" 이러고 계셨다는 거야."

병원에 데리고 와야 하는 거잖아요.

"그래도 막상 보육원에 계신 수녀님들은 쉽게 결정을 못 하시나 봐. 아무튼, 내가 그날 병원 일을 조금 서둘러 마치고 상비약을 들고 우연히 보육원을 찾았는데 마침 수녀님들께서 아이를 안고 응급실에 가시겠다고 나오다가 문 앞에서 나를 딱 마주친 거야."

오호, 수녀님들께서 기뻐하셨겠네요.

"수녀님들 말씀으로는 지금까지 아주 다급할 때 기도를 드리면 한 번도 응답을 받지 않은 적이 없으셨다고 했어."

그날은 누님이 수녀님들 기도의 응답이셨겠네요.

"그것까지는 잘 모르겠고, 하여간 아이에게 수액 주사를 맞히는데 보통 아기들은 주사 맞으면 다들 자지러지게 울잖아. 주삿바늘만 봐도 울고."

의사 가운만 봐도 울죠.

"그런데 그 아이는 주삿바늘이 살갗을 뚫고 혈관에 꽂히는데 잠깐 인상을 찌푸리더니 금세 아무렇지도 않게 있는 거야."
뭔가 포스가 남다른 아기네요.

"옛날에 내가 그랬대. 우리 엄마가 그러시는데 나는 어릴 때 주사를 맞으면 울지도 않고 주삿바늘이 내 피부에 꽂히는 걸 뻔히 쳐다만 봤다고 하시더라고."
누님도 역시 포스가 남다르시더니. 어쩐지….

"시끄러. 하여간 나도 이 아이를 보면서 얘는 나중에 의사가 될 것 같다는 생각이 들었어. 그렇게 수녀님들께도 말씀을 드려 보았지."
하하하, 수녀님들께서 좋아하셨겠군요.

"그러셨지. 그리고…."
그리고?

"이 아이가 커서 의사가 될 때까지만 잠깐 내가 도와주기로 했어."

나는 누님의 말씀에 감동해 한마디 말을 붙이려다가 말았다. 누님의 말씀 끝에는 이런 기적이 붙어 있었기 때문이었다.

"참, 이건 비밀이야."

나는 선배의 말씀을 통해 종교가 무엇이냐는 물음에 답을 찾을 수 있을 것 같았다. 그것이 무엇이든지 간에 우리는 그것을 통해 기적을 행할 수 있다는 것을 믿고 있으니까.

담대한 생

"저기요, 선생님!"

회진을 돌려고 병동에 올라갔다가 할머니 혼자 주무시고 계셔서 그냥 나오려는데 잠에서 깨셨는지 할머니께서 나를 부르셨다.

"저, 안 자고 있어요."

할머니는 금세 일어나 침대에 앉으시며 말씀하셨다.

"결과 나왔죠? 저한테도 얘기해주세요."

사실 나는 할머니를 보려고 올라온 것이 아니라 보호자인 따님을 보러 올라온 것이다. 따님이 안 계셔서 그냥 내려가는 길이었으니까.

"저는 다 알고 있어요. 숨기지 말고 얘기를 해주세요. 그래야 저도 준비를 하지요."

다음 날 할머니는 호흡기내과로 전과되셨다. 이번에는 할머니를 뵈러 병동에 올라갔다. 할머니는 웃으며 나를 맞아주셨다.

"저는 아무 걱정 없어요. 자식 다 키워놨고 이만큼 잘 살았으면 됐지요."

다행이다 싶어 병실을 나오는데 무슨 재밌는 얘기를 하시는지 병실 안에서 함박웃음이 터졌다. 환자는 의사의 생각보다 훨씬 강하다는 사실을 또 배웠다.

#1

아이가 열이 난다고 아내가 내게 전화를 했다. 외래 진료 중에 짬이
나서 잠깐 통화를 했다.

> 아내: 병헌이가 열이 나네. 콧물도 나고.
> 나:　　응, 그렇구나.
> 아내: …????
> 나:　　…
> 아내: …
> 나:　　병원에 데리고 가봐.
> 아내: 알았어. 끊어.

어쩔 수 없다.

#2

해열제를 먹고 잠이 든 아이가 새벽에 다시 열이 오르자 아내가 깨운다.

> 아내: 병헌이 또 열나네.
> 나:　으응? 몇 도인데?
> 아내: 38.3도!
> 나:　그럼 해열제 한 번 더 먹여.
> 아내: …???
> 나:　알았어. 내가 먹일게.
> 아내: 됐어. 가서 잠이나 마저 자.

어쩔 수 없다.

4

세상의 모든 엄마들을 위하여

숭고한 기도

-»»» «««-

   고단한 하루를 마감하는 저녁 회진. 편안한 저녁 시간이 마련
되어 있기라도 한 듯 의사도 환자도 서로 웃으며 인사를 나누고
헤어지지만 사실 회진을 마치고 나면 긴장이 녹아내리고 진이
빠져 축 늘어진다. 그런 꼴로 환자와 보호자, 면회객들로 북적이
는 엘리베이터를 기다리기 싫어서 나는 가끔 비상계단으로 혼자
터덜터덜 내려가곤 한다.

   그날도 병원에서 가장 인적이 드문 곳 중 한곳인 병동 끝의 비
상계단으로 내려가는 중이었는데, 아무도 없는 계단에서 울려
퍼지는 내 존재감을 느껴보려고 그날따라 일부러 덜그럭, 덜그
럭, 구두 소리를 울리며 한참을 내려갔다. 한참을 내려가다 보니
도대체 거기가 몇 층인지도 알 수 없었다. 비상계단 벽에 쓰인

충수를 확인하려고 두리번거리는데 저 멀리 계단 끝에 누군가 웅크리고 앉아 있는 것이 보였다. 나는 순간 발걸음을 멈추고 그 자리에 멈춰 섰다.

행색이 초라한 젊은 남자가 손에 묵주를 들고 무릎을 꿇듯이 계단 끝에 걸터앉아 고개를 숙인 채 기도하고 있었다. 어머니의 쾌유를 바라며 지난날의 잘못을 뉘우치는 참회의 기도였을까, 아버지의 수술을 앞두고 올리는 절절한 기도였을까, 아내의 고통을 바라보며 흘리는 회한의 눈물이 섞인 기도였을까, 누구와도 바꿀 수 없는 아이의 미래를 위한 간절한 기도였을까.

그 기도가 무엇을 기원하는 것인가는 중요하지 않다. 그의 기도는 그 어떤 기도보다도 숭고한 것이었다. 아무도 오가지 않는 후미진 비상계단의 끄트머리는 그 어떤 교회, 그 어떤 사찰보다도 성스런 기도의 공간이었으니까. 나는 도무지 그 숭고한 순간의 곁을 무심히 비켜 지나갈 용기가 나지 않았다. 그저 내 경망스런 발걸음을 멈추고 그의 기도가 끝날 때까지 우두커니 서 있었다. 가장 숭고한 순간은 가장 후미진 곳에 존재한다.

싫어도 좋아도 여태 부부

당뇨병으로 약을 타시는 69세 할머니가 진료실에 오셨다.

"선생님, 스트레스를 받아도 당이 오르나 봐요."

할머니는 그간 집에서 적어오신 자가측정 혈당 기록 수첩을 책상 위에 꺼내 놓으시며 말씀하셨다.

"스트레스를 많이 받으세요? 무슨 일이 있으신데요?"

도대체 내일모레 일흔을 앞둔 할머니의 스트레스는 무엇일까?

"뭐겠어요. 여자들 스트레스는 하나지. 남편, 남편!"

사실 예상했던 할머니의 대답에 나는 싱겁게 웃으며 말을 붙였다.

"일흔 무렵의 남편들은 도대체 무슨 문제가 있으신 걸까요?"

내 물음에 할머니도 멋쩍은 듯 웃으시며 말씀하셨다.

"여자 문제죠 뭐. 이놈의 남편은 나가기만 하면, 걸핏하면 집에 들어올 생각은 안 하고 밖에서 여자들하고 뭘 하는지…."

나는 짐짓 놀란 척 물었다.

"나이 일흔에도 다른 할머니들하고 바람을 피신다구요? 그게 가능하시겠어요?"

할머니는 단호하게 말씀하셨다.

"의사 선생님, 모르는 척하지 마세요. 원래 남자들이란 숟가락들 힘만 있어도 여자를 힐끔거리는 법이라잖아요."

괜히 화살이 내게 넘어오는 것 같아서 능글능글하게 농을 쳐봤다.

"보아하니 바깥 어르신 바람기가 어제오늘 얘기는 아닌 것 같은데 이제 포기하실 때도 되지 않았어요?"

모니터 화면을 보며 약 처방을 내리면서 던진 농담 섞인 질문에 한참이 지나도 대꾸가 없었다. 나는 모니터에 새겨진 약물 이름에서 할머니의 눈매에 새겨진 지순한 마음으로 눈길을 옮겼다.

"내가 우리 할아버지를 포기하는 순간, 그때부터 우리는 남남이에요. 45년을 이러고 살아도 남남이 되기 싫어 여태 부부로 살았어요. 싫어도 좋아도 저는 죽을 때까지는 우리 남편하고 이러고 살아야겠어요."

나는 할머니께 어떤 위로나 기원의 말을 해드려야 할지 몰라

서 진료실을 나가시는 뒤통수에 대고 꾸벅 인사나 하고 있었는데 진료실을 나가다 말고 할머니께서는 문고리를 붙잡고 내게 오히려 위로의 말씀을 전하고 가셨다.

"걱정 마세요."

이게 어떻게 걱정이 안 되는 일일까. 나는 할머니의 위로에도 불구하고 진정 할머니의 고운 마음에 생긴 상처들이 안타까워 걱정스러운 눈길을 거두지 못하고 있었다. 그러자 할머니께서 내 걱정을 걷어주시려는 듯 웃으며 말씀하셨다.

"남편이 지난주에 발을 다쳐서 집 밖으로 못 나가고 방구석에서 내가 해주는 밥 잘 먹고 얌전히 지내고 있어요. 덕분에 스트레스가 좀 줄었는지 혈당도 괜찮으니 제 걱정은 마시라구요."

할머니의 웃음 덕분에 걱정은 덜었지만, 할아버지 발목이 천천히 낫기를 빌어주는 것 외에는 내가 할 수 있는 것이 없기에 씁쓸한 마음을 지울 수는 없었다.

그놈의 남편 이야기
-》》》 《《《-

매번 외래 진료에 오셔서 남편 험담을 하시는 50대 초반의 여자 환자께서 두 달 만에 외래를 찾으셨다.

"그동안 잘 지내셨어요?"

으레 건네는 인사가 끝나면 이제 본격적인 남편 험담이 시작된다.

"잘 못 지냈어요. 왜긴 왜겠어요. 그놈의 남편 때문이지."

20년이 넘도록 아내를 업신여기며 자기 멋대로 구는 남편 때문에 속이 터져 죽겠다는 환자께서 오늘도 어김없이 남편 험담을 하시려나 싶어 어떻게 맞장구쳐 드려야 하는가 고민하고 있는데 뜻밖의 이야기를 하셨다.

"남편이 지난달에 허리 수술을 했는데 수술이 잘못됐는지 수술 끝나고 한 달이 넘도록 내내 끙끙 앓고 집에만 누워 있으니

참 속이 터져 죽겠어요."

그렇게 미워하던 남편이 아파서 끙끙거려서 속이 상하다니, 이건 어떻게 생각해야 할까. 20년을 같이 살면서 쌓은 정이란 건 미운 정이건 고운 정이건 참 각별한 것인가 싶었다.

"차라리 땍땍거리고 큰소리치는 게 더 나은가 싶기도 하네요. 사람이 누워서 저러고만 있으니 제가 참 속이 터지는 게…."

조심스럽게 젊은 의사의 눈치를 보던 환자는 부끄러운 듯 조그마한 목소리로 말을 맺었다.

"부부관계도 영 시원치가 않아서…."

아, 뭘까. 진짜 부부 사이란 참 알다가도 모를 일이다.

가을비 소근대는 밤에
-)))) (((-

환자복을 입은 두 사내가 비 내리는 병원 로비의 문 앞에 나란히 서서 대화를 나눈다. 어려 보이는, 머리카락이 하나도 남지 않은 사내가 그보다 대여섯 살은 많아 보이는, 머리카락이 붉은 사내에게 말한다.

"내일 형 퇴원하고 나면 진짜 보고 싶을 것 같아."

머리를 빨갛게 물들인 환자복의 사내도 한참 동생뻘 되는 사내의 말에 고개를 끄덕이며 말한다.

"그래, 형도 네가 보고 싶을 거야. 나중에 퇴원하면 꼭 연락해라."

한참 대화가 없던 둘 사이의 침묵을 깨고 어린 사내가 묻는다.

"그런데 형, 진짜 그 누나한테 말할 거야?"

붉은 머리 사내의 얼굴이 자기 머리만큼이나 빨갛게 물들어 오른다. 그리고 단호히 말한다.

"그럼. 내일 꼭 말하고 퇴원해야지."

어린 사내가 다시 묻는다.

"형은 아직 고등학생이고, 그 누나는 간호사니까 대학교도 다 졸업했을 텐데. 형보다 나이가 훨씬 많잖아."

붉은 머리의 사내가 거침없이 말한다.

"그게 무슨 상관이야. 내 마음은 이미…."

어린 사내가 말을 가로채며 다시 물었다.

"그런데 그 누나가 형은 아직 너무 어리다고 싫다고 하면 어떡할 건데?"

붉은 머리 사내가 갑자기 돌아서더니 주삿바늘이 꽂힌 손으로 어린 사내의 두 어깨를 감싸며 말한다.

"넌, 아직 한참 젊은 녀석이 뭐가 그리 겁이 많아? 젊다는 건 실패를 두려워하지 않아도 되는 거야."

어린 사내가 고개를 끄덕였다. 그러자 붉은 머리 사내가 말했다.

"싫다는 거절이 두려워서 말하지 못한다면 아마 평생 아무에게도 고백하지 못할 거야."

어린, 아니 더 젊은 사내가 주먹을 불끈 쥐며 나이 많은, 아니 조금 젊은 사내의 가슴을 두드렸다.

"형은 할 수 있어."

그러자 머리카락이 붉은 사내가 붉어진 주먹으로 머리카락이
남지 않은 어린 사내의 가슴에 손을 얹었다.

"너도 할 수 있어. 너도 다 나을 수 있어. 우린 아직 젊잖아."

그들의 대화를 엿듣기라도 하는 듯 이른 가을비가 어둠 속에
서 내리고 있었다.

부부인 듯, 부부 아닌, 부부 같은…
·≫≫· ·≪≪·

75세 남자 환자가 힘이 없고 무기력하다며 외래를 찾았다. 여기저기 아픈 증상을 이야기하시는데 아픈 곳보다 안 아픈 곳을 찾는 게 더 나을 정도였다. 할아버지의 이야기를 들으며 전자 차트에 정신없이 키보드를 두드리며 기록을 남기는데, 보호자로 오신 할머니께서 한 말씀 거드신다.

"이 양반 주무시다가 돌아가실 뻔한 걸 내가 몇 번이나 구해줬다니까요."

네? 무슨 말씀이신지요?

얘기인즉, 할아버지가 주무시다가 숨이 멎는 때가 잦다고 하셨다. 그때마다 할머니께서는 할아버지가 돌아가신 건가 싶어 무서워서 깨웠고, 막상 흔들어 깨우면 또 숨을 쉬시기에 겨우 살렸다고 생각하셨단다. 그런데 막상 할아버지는 아침에 일어나서는 밤새 할아버지를 저승에서 건져 온 자신의 공을 모른 척하신 다고 할머니는 서운해하셨다.

수면무호흡증이 있고 고혈압으로 인한 심부전 가능성도 있어 검사를 좀 해보았으면 좋겠다는 말씀을 드리다가 병원에 검사받 으러 왔다 갔다 하기 힘에 부치시면 차라리 입원을 하셔서 검사 도 하시고 적절한 치료도 좀 받으시는 게 어떠시겠냐고 권했다. 할아버지께서는 그게 좋겠다고 하시는데 할머니가 할아버지를 만류하신다.

"자녀분들한테 물어보고 결정하세요. 간병인 구하기도 힘들 텐데."

응? 무슨 상황이지?

"두 분이 부부 아니셨어요?"

내 질문에 할머니는 손사래를 치며 펄쩍 뛰신다.

"내가 이 병든 할아버지랑 왜 같이 살아요?"

할아버지는 돌연 병색이 전혀 느껴지지 않는 느끼한 웃음과 함께 내게 말씀하셨다.

"조만간 부부가 될 거에요. 내가 잘 꼬시고 있으니까."

할머니는 정색을 하시며 그럴 일 없다고 하시는데 할아버지는 자신만만한 얼굴로 다시 말씀하셨다.

"메르슨지 뭔지 때문에 아무도 병원에 안 오려고 하는 마당에 나 따라 병원에 온 거 보면 모르겠소? 내가 식 올리면 꼭 청첩장

들고 선생한테 찾아오겠소."

  입원 여부는 자녀분과 상의하고 결정하시겠다며 두 분이 같이 나가시는데 문득 궁금한 게 생각났다. 할머니는 어떻게 할아버지가 밤에 주무시다가 숨이 멎는다는 걸 아셨을까? 마흔두 살의 젊은 의사가 깨닫기에는 너무 심오한 할아버지, 할머니의 장밋빛 인생이다.

다 이유가 있겠지

->>>> <<<<-

건강검진 결과 상담을 하러 진료실에 들어온 50대 남성의 표정이 심상치 않다. 결과를 하나하나 짚어가며 설명하는 내 목소리가 그의 귓속으로 들어가지 못한 채 진료실 안을 떠돌고 있음을 직감적으로 알아차릴 무렵, 그의 바지 주머니에서 핸드폰이 울렸다. 놀란 그가 허둥대며 핸드폰의 울림을 꺼보지만 10초도 되지 않아 또 핸드폰이 울렸고 그는 다시 급히 핸드폰의 울림을 껐다. 그러다 또다시 얼마의 시간이 지나지 않아 다시 핸드폰이 울렸다. 그는 어쩔 수 없다는 듯이 내 눈치를 보며 전화기에 대고 다짜고짜 말했다.

"저 지금 병원에 있으니 조금 있다가 전화 드릴게요."

상대방의 대꾸도 들을 겨를 없이 전화를 끄며 그가 말했다.

"아이고, 죄송합니다."

나는 아무 일 없었다는 듯이 다음 결과를 설명하려고 입을 열었다. 그때 그의 전화기가 또 울렸다. 진료실에서 전화를 하는 사람들이 드물지 않은 세상이지만 나는 아직도 진료 중에 전화를 태연히 받는 사람들을 보면 속으로 혀를 차곤 한다. 전화를 꺼두든지 하시지 왜 저러시나 하는 생각을 하다가 차라리 그에게 잠깐 시간을 주는 게 더 낫겠다 싶었다.

"급한 전화인 것 같은데 전화부터 받아보시지요."

그는 어쩔 줄 몰라 하며 망설이다가 전화를 다시 집어 들었다.

"……."

한참 동안 말없이 상대의 이야기를 듣던 그가 전화기에 대고 말했다.

"부장님께는 정말 면목이 없습니다. 그래도 한 번만 더 기회를 주시면 이번엔 꼭 차질 없이 잘 해결하겠습니다. 정말입니다."

그는 또 한참 말없이 이야기를 듣더니 이윽고 환한 얼굴로 말했다.

"감사합니다. 정말 감사합니다. 이번엔 꼭 물량을 확보해서 문제가 없도록 하겠습니다. 감사합니다."

전화를 끊은 그가 한껏 밝아진 얼굴로 말했다.

"진료 중에 정말 죄송합니다. 갑을 관계에서 을의 처지에 있는 사람은 늘 이렇게 삽니다. 그래도 큰 손해를 볼 뻔했는데 겨우 위기는 넘겼습니다."

다행스럽게도 그의 검진 결과에는 큰 이상이 없었다. 결과 설명을 다 마치자 그는 그 어떤 건강보다도 더 큰 건강을 얻었다는 듯 연신 감사의 인사를 하며 진료실을 나섰다.

2

퇴근길 지하철의 빈자리는 치열한 눈치 싸움의 승전물이 되곤 한다. 마침 앉아 있던 승객 중 한 명이 일어나 빈자리가 생기자 그 앞에 서 있던 젊은 남자가 자리에 앉으려고 하는 순간이었다.

"잠깐만요! 잠깐만요."

허름한 행색의 중년 남자가 사람들을 헤치며 빈자리 앞으로 밀고 들어왔다. 그러고는 자리에 앉으려는 젊은 남자에게 말했다.

"저, 죄송한데 자리 좀 양보해주시면 안 될까요?"

남자는 황당해 하더니 찡그린 얼굴로 자리를 비켜 주었고 보고 있는 사람들의 마음도 그리 편치는 않았다. 자리에 앉자마자 그는 서둘러 어딘가로 전화를 걸었다.

"응. 자리에 앉았어. 맨 뒤 칸이야."

그가 전화를 끊은 후 다음 역에 지하철이 도착하고 문이 열리자 어느 중년의 여성이 뇌성마비를 앓고 있는 듯한 딸과 함께 지하철에 탔다.

"여기야! 여기!"

자리에 앉아 있던 그가 큰 소리로 외치자 모녀는 그의 앞으로 다가왔다. 몸이 불편한 딸에게 자리를 내주며 그가 말했다.

"여기 이 아저씨가 너 앉으라고 자리를 양보해주셨어."

뇌성마비인 딸은 인사를 하려는 것인지 고개를 까딱거렸고 그녀의 어머니는 젊은 남자에게 허리를 숙이며 감사의 인사를 전했다. 젊은 남자의 얼굴에는 이미 흡족한 미소가 가득했다.

진짜 알고 싶은 것
-)))) ((((-

아이들의 궁금증을 해결해 주어야 하는 건 어른들의 의무이기도 하다.

"이건 식도예요. 좁고 긴 길이 입에서 위까지 이어져 있어요."

"여긴 위예요. 위는 보는 것처럼 주름이 많아요. 음식물이 잘 소화되도록 위산이나 소화액이 나와서 음식물을 반죽하는 일을 해요."

"여기, 이 작은 구멍을 지나면 십이지장이라는 곳이 나오는데 여기는 위랑 작은창자를 연결해주는 곳이지요."

초등학교 4학년 여학생이 아빠의 검진 결과를 들으러 부모님과 함께 병원을 찾았다. 아이의 부모님은 자신의 내시경 사진을 아이에게 보여주면서 인체의 모습을 직접 설명해주시길 원했다.

부모로서 그럴 수도 있겠다 싶어 나름 초등학교 교사로 빙의하여 열심히 설명을 해주었다. 설명이 끝나자 아이가 물었다.

"그런 거 말고요, 우리 아빠 위에 있다는 위염은 어떻게 되었어요? 술 좀 그만 먹으면 나을 것 같지 않나요?"

아이의 궁금증은 따로 있었다. 아빠는 딴청을 피우며 창밖을 내다보았고 엄마는 히죽 웃으며 아이의 등을 토닥였다.

미안한 일

그큰 아드님이 의사인데 서울 어딘가에 개원해서 잘살고 있다는 말을 진료 때마다 하시는 할머니 환자가 있다. 할머니는 건강검진에서 우연히 고혈압과 당뇨병을 발견해 약을 타려고 외래 진료를 보러 오신다. 그런데 그동안 약물 치료 효과가 좋아서 혈압과 혈당이 잘 조절되고 있었고 다른 합병증도 없으시기에 구태여 힘들게 대학 병원까지 오실 필요가 없다는 생각이 들었다. 그래서 이제 아드님 병원에서 약을 타서 드셔도 되겠다고 몇 번 말씀을 드렸지만 할머니는 늘 같은 말씀을 하시며 한사코 거절하셨다.

"내 아들이지만 왠지 걔 병원에는 가기 싫어요."

그렇게 2년째 내 외래에 와서 약을 타 가시는데 오늘은 정말

마지막이다 생각하고 정중히 한 번 더 아드님 병원으로 옮기실
것을 권했다. 1차 병원에서 약을 처방 받으시면 약값도 더 싸고
아드님이 직접 어머니 병을 관리해드리는 것이 여러 가지로 나
을 것 같다는 생각에서였다.

"교수님, 자꾸 그러지 마소. 늙어 병든 것도 미안한데 바쁜 아
들 병원에 들락거리면 그게 얼마나 미안한 일이오."

그러고 나서 마지막으로 한마디를 더 보태셨다.

"나 병든 걸 가지고 애한테 짐이 되게 하긴 싫소."

"그만큼 키우셨으면 그 정도는 짐도 아닙니다."라고 말씀드리
고 싶었지만 어렴풋하게나마 그 마음을 조금은 이해할 수 있을
것 같아 더는 아무 말씀도 드리지 못했다. 부모님의 자식 사랑은
때로 지켜보는 것만으로도 눈물겨울 만큼 애틋하다.

아픔을 지켜보는 아픔

-》》》 《《-

어두운 표정으로 앉아 있던 여자가 입을 열었다.

"밤새 아파서 끙끙대는 사람도 있지요. 하지만 그 옆에서 어쩌지도 못하고 그저 끙끙거리는 소리를 들으며 밤을 새워야 하는 사람도 있는 거예요."

그녀는 화가 난 것일까.

"아픈 사람은 아픈 거예요. 아프지요. 저도 잘 알아요. 하지만 아픈 사람을 그저 바라만 봐야 하는 것도 아픈 거라는 건 아무도 몰라요."

그녀는 원망스러웠던 것일까.

"그가 더는 아프지 않았으면 좋겠어요. 제발요. 더는 아픈 모습을 보고 싶지 않아요."

그녀는 간절했던 것일까.

"아픈 그를 지켜보는 게 힘들어요. 이제는 제가 너무 지쳤어요."

흐느끼며 마지막 말을 쏟아낸 그녀, 그녀는 미안했던 것일까.

나는 나쁜 의사다

얼마 전, 외국으로 유학을 갈 예정이라는 열여덟 살 여학생이 유학 발급을 위한 건강 검사 서류를 가지고 혼자 외래를 찾았다. 통상적으로 서류에는 예방접종 기록, 몇 가지 간단한 혈액 검사와 소변 검사 결과, 흉부 엑스선 검사 그리고 특이 병력에 대한 내용을 쓰게 되어 있다.

"오늘은 피검사, 소변 검사와 엑스선 검사를 하고 가세요. 그리고 다음에 올 때 예방접종 기록을 엄마한테 물어보시고 '아기 수첩'을 가지고 오도록 하세요."

소녀는 '아기 수첩'이 뭐냐고 내게 다시 물었다.

"학생이 아기 때 받은 예방접종 기록을 정리해 둔 수첩인데 아마도 엄마가 가지고 계실 거예요. 어머니께 한번 물어보세요."

내 대답에 소녀는 시무룩한 얼굴을 하고는 외래를 나섰다. 그리고 며칠 뒤 소녀는 어머니와 함께 외래를 다시 찾았고 어머니는 아기 수첩을 내게 건네주었다. 나는 수첩에 적힌 예방접종 날짜를 서류에 옮겨 적으며 아이에게 말했다.

"보통 엄마들은 아기들 예방접종 기록을 수첩에 남겨서 가지고 있어요."

나는 웃으며 말했는데 두 모녀의 얼굴에는 아무런 표정도 말도 없었다. 나는 뭔가 분위기가 심상치 않음을 느꼈다. 수첩의 기록을 다 적고 나서 어머니에게 수첩을 돌려주자 그녀가 말했다.

"아이의 친모께서 예전에 남겨 놓으신 아기 수첩 기록을 찾았어요. 차곡차곡 잘 적어주신 덕분에 문제없이 유학을 가게 되었네요."

"……."

이런! 아이와 함께 온 어머니는 아마 새엄마였나 보다. 나는 남의 가정사도 모르고 예민한 사춘기 소녀 앞에서 주책없게 쓸데없는 소리를 해댄 것이 미안해 어쩔 줄을 몰랐다. 소녀는 내 말에 얼마나 가슴이 아팠을까. 내가 아이에게 미안하다는 말을 하려는 순간, 어머니가 소녀에게 아기 수첩을 건넸고 소녀는 아기 수첩을 두 손으로 꼭 쥐더니 배시시 웃으며 내게 말했다.

"친엄마는 저를 건강하게 낳아 잘 키워주시고 돌아가셨어요.

그리고 새엄마도 바통을 이어받아서 저를 더 잘 키워주셨어요. 저에게는 두 분 모두 고마운 분들이에요."

아, 나는 이 소녀에 대해 아무것도 몰랐다. 이렇게 어른스럽고도 큰마음을 가진 아이였다니. 나는 정말 나쁜 의사다.

세상의 모든 엄마들을 위하여

->>>- -<<<-

30대 초반의 여자가 진료실을 찾았다. 그녀의 옆에는 남편으로 보이는 젊은 남자가 함께 서 있었다.

"어디가 불편해서 오셨어요?"

의사의 뻔한 물음에 환자도 보호자도 아무 대답이 없다. 나는 그 두 명을 번갈아 바라보며 누군가의 입에서 대답이 나오기를 기다렸다.

"저희가 좀 힘든 일을 겪고 있습니다. 아내가 아무것도 못 먹고 있는데 영양제라도 하나 맞을 수 있을까 해서 왔습니다."

그깟 영양제가 무슨 대수이겠나 싶어 기꺼이 처방해드리겠다고 말하면서 쓸데없는 오지랖이 일어 두 분께 다시 물었다.

"무슨 일이기에 젊은 부인께서 이렇게 힘드실까요?"

무거운 침묵이 감도는 가운데 부인의 눈에 눈물이 가득 고이자 남편분이 어렵사리 입을 열었다.

"저희 아기가 많이 아픕니다."

나는 괜한 걸 물어 그들의 마음을 아프게 만든 것 같아 미안한 마음을 감출 수가 없었다. 그때 남편이 간절한 목소리로 말했다.

"선생님, 꼭 좋은 영양제로 처방 부탁드립니다."

나는 말했다.

"세상의 모든 어머니는 세상에서 가장 좋은 영양제를 처방받을 권리가 있습니다."

남편은 그제야 안심이 된 듯 내게 작은 미소를 건네더니 아내를 부축하며 진료실을 나갔다.

부모가 된다는 것

-»»» «««-

1

몇 년째 우리 병원에서 건강검진을 받으시는 40대 초반의 남
성이 올해도 검진을 받고 결과를 들으러 오셨다. 지난 몇 년간의
검진 결과에서, 그분은 고지혈증이 있었고, 혈당이 당뇨병에 육
박하리만큼 아슬아슬하게 높았으며, 간 기능도 엉망진창이었다.
그에게 과음과 흡연은 당연한 일상이었고 짧은 거리도 꼭 차가
있어야만 이동한다고 농담 삼아 말씀하시던, 전형적인 운동 부
족의 증거를 배 주위에 달고 지내시는 분이었다.

그가 일 년에 한 번씩 검진 결과를 듣기 위해 오면 "이러다가
내년엔 병원에서 보지 못하게 될지도 모른다."거나 "아내분께서
혹시 큰 생명 보험 하나 들어 놓으신 게 있는지 확인해보시라."

는 등의 협박에 가까운 무시무시한 이야기를 하곤 했는데 사실 그는 내 충고를 들을 때마다 껄껄 웃기만 할 뿐 눈 한번 깜빡하지 않았다.

그런데 올해 그분의 검진 결과를 보는 순간 깜짝 놀라지 않을 수 없었다. 모든 결과가 다 정상이었다. 혈중 지질 수치는 물론 혈당, 간효소 수치 등 모든 것이 다 정상으로 돌아와 있었다. 게다가 뱃살도 많이 빠졌고 담배도 끊었다고 했다. 나는 신기하기도 하고 대견하기도 하여 그에게 일 년 동안 무슨 변화가 있었느냐고 물어보았다. 그가 머뭇거리다가 말했다.

"결혼한 지 꽤 오래되었는데 아직 아이가 없습니다."

그는 잠깐 부끄럽다는 듯 나를 쳐다보더니 말을 이었다.

"작년에 검진받고 아내와 난임 센터를 찾았습니다. 적어도 일 년간은 아기를 갖기 위한 노력을 열심히 하기로 약속했습니다. 그리고 이제 일 년이 지났네요."

그는 자리에서 일어서면서 말했다.

"내년 봄쯤에 우리 집 첫째가 태어날 겁니다."

부모가 된다는 것은 그 간절한 마음이 제일 큰 힘이 된다는 것을 알기에, 나는 축하의 마음과 함께 부모가 되기 위한 어려운 걸음을 뗀 그를 위해 큰 격려의 박수를 보냈다.

2

　여든 가까이 된 할머니께서 검진 결과를 들으러 멀리서 오셨다. 나는 할머니가 어려운 검진 결과 설명을 다 이해할 수 있으실지 걱정이 되었다. 그래서 할머니께 여쭈었다.

　"혹시 아드님이나 따님, 며느님은 같이 안 오셨어요?"

　할머니는 단호하게 말씀하셨다.

　"죽을병이 있으면 제게만 알려주세요. 아이들에게 따로 연락하실 필요 없습니다."

　아무래도 할머니께서 뭔가 오해를 하신 것 같다.

　"아, 아니 그게 아니고요."

　나는 뒷말을 잇기가 어려워서 일단 결과 설명부터 해드리기로 했다. 모든 결과 상담이 다 끝났을 때 다행히도 큰 병은 없으셨기에 나는 나중에 정기적인 검사만 받아보시라는 말로 결론을 내리며 상담을 마무리 지었다. 알았다고 하면서 일어서시는 할머니를 나는 잠깐 다시 자리에 앉히고 여쭈었다.

　"혹시 제가 설명해 드린 결과에서 궁금하신 것은 없으셨어요?"

　할머니는 별다른 건 없다고 말씀하셨다. 그리고 나는 용기를 내어 다시 여쭈었다.

"제가 설명해 드린 이야기는 다 이해하셨지요?"

그러자 할머니는 빙긋이 웃으면서 말씀하셨다.

"제가 무슨 말인지 뭐 알겠습니까. 죽을병이 없다고만 하셨으니 그런 줄 아는 게지요."

그리고 다시금 단호하게 말씀하셨다.

"이만큼 살았는데 병이 있다고 아이들에게 짐이 되는 건 싫습니다. 아이들에게 따로 결과 알려주실 필요 없습니다. 죽을병 아니면 괜찮습니다."

다음에 또 검진을 받으시더라도 자녀분과는 결코 함께 오지 않으시겠다는 할머니께 그런 건 자녀들에게 절대로 짐이 되지 않을 거라는 말씀을 드렸지만, 할머니는 그저 웃으실 뿐이었다. 그리하여 우리는 다음에도 또 둘이서만 만나기로 하고 헤어졌다.

삶의 진실

-»»> «««-

　고혈압으로 약을 드시는 40대 중반의 정신지체 여자 환자가 진료실을 찾았다. 그녀는 오래전 아버지를 여의었고 그녀의 친어머니도 일찍 돌아가셔서 새어머니와 둘이서 살고 있었다. 새어머니의 아들, 그러니까 그녀의 배다른 오빠는 이미 결혼하여 분가해서 살고 있었는데 그녀는 새어머니나 이복오빠, 새언니 모두와 그리 사이가 좋지는 않은 듯했다. 아니 그들에게 사실은 조금 괴롭힘을 당하는 듯 보이기도 했다. 이미 남편도 돌아가신 마당에 정신지체가 있는 수양딸을 거두어 살고 있는 새어머니의 삶도 참 퍽퍽하리라 생각은 들지만 그래도 팔은 안으로 굽는다고 나는 정신지체가 있는 내 환자가 의붓어머니와 오빠에게 혹시 고초를 겪는 건 아닌가, 마음이 편치 않았다.

　어찌 되었건 1월 초에 영세민 임대 아파트로 이사한다고 했는데 이사는 잘하셨는지 여쭈면서 다른 가족들의 소식도 함께 물었다.

"그럼 이사간 집에서도 여전히 새어머니와 둘이 사시는 거예요?"

그녀가 깜짝 놀란 듯 눈을 둥그렇게 뜨고 나에게 작은 목소리로 말했다.

"선생님, 혹시라도 엄마랑 같이 병원에 오게 될지도 모르니까 절대로 '새어머니'란 말은 하지 마세요."

나는 그녀의 유별나게 놀라는 모습에 왜 그러냐고 물었다. 그녀는 더 작은 목소리로 속삭이듯 말했다.

"엄마는 누가 자기를 '새엄마'라고 부르면 속상해서 한참 울어요."

서로 미워하고 싸우는 게 당연하다고 생각한 삶이란 여태 내 마음속에서만 그려진 것이었을 뿐, 내 눈에 힘든 삶이라 보이는 것의 이면에도 서로 기대는 따스한 마음이 있었다는 것을, 나는 뒤늦게야 알게 된 것이다.

누가 누구를 재단할 수 있을까

-》》》 《《-

"저도 젊을 때는 잘 나갔더랬어요."

핏기없는 얼굴에 누르스름한 눈빛으로 그가 말했다.

"한참 잘 나갈 때는 멀쩡히 다니던 회사가 있는데도 여기저기서 월급을 더 줄 테니까 자기네 회사로 옮겨오라고 꼬시는 사람들도 있었더랬죠."

나는 무표정한 얼굴로 그의 얘기를 듣고 있었다. 사실은 좀 지쳐있기도 해서 그의 얘기가 계속되는 동안 쉬고 싶은 것이었는지도 모르겠다.

"그렇게 얼마 지내다 보니까 아무래도 내가 직접 사업을 하면 더 잘되겠다는 생각이 들었어요. 그래서 회사에 사표를 내고 나와서 사업에 손을 댔는데 그 이듬해에 IMF 사태가 터지고 회사는 쫄딱 망해버리고 말았어요. 죽어야겠다는 생각도 안 들었어요. 어떻게든 살아야겠다고, 어렵게 지내면서도 기어이 재기해보겠다고 발버둥을 쳤지만 하는 일마다 잘 안되고 애들은 계속 커가고 돈 들어갈 곳은 많아지고…."

그는 잠깐 말을 쉬었다. 아니 내 눈치를 보는 것 같았다. 나는 그의 말을 끊고 싶지 않았다. 그의 얘기를 들으며 조금 더 쉬고 싶다는 마음도 있었고.

"큰아이 장가갈 때 아빠가 일없이 노는 사람이란 게 얼마나 큰 불행인지 겪어보지 않은 사람은 모를 겁니다. 결혼식장에서 사돈댁에는 손님이 바글바글한데 우리 쪽에는 자리가 반도 안 찼더랬어요. 그래도 사업한다고 여기저기 발 넓히면서 사람 관리도 한다고 했는데 그게 다 헛것이더라니까요."

그는 더는 내 눈치를 보지 않고 말을 이어갔다.

"그 밑에 딸 아이 시집보낼 때는 꼭 직장이라도 하나 있어야겠다고 생각이 들어서 열심히 일자리를 알아보고 다녔지요. 그런데 그게 생각처럼 안 되더라고요. 아무리 늙었어도 예전에 일하던 가닥도 있고 사업하던 인맥이 있는데 내 일자리 하나야 어떻게든 구해지겠지 했습니다. 그게 벌써 2년이 넘었어요. 그러다 이제야 겨우 허드렛일 자리라도 하나 구했습니다. 빌딩 주차장 관리가 아무것도 아닌 것처럼 보였는데 이렇게 귀한 자리인 줄 이제야 알았네요."

무슨 일자리를 구했냐고 물어보려는데 그가 먼저 답했다. 그리고 내가 꼭 묻고 싶었던 또 다른 질문의 답 역시 내가 묻기 전에 그가 먼저 말했다.

"일자리를 구한답시고 여기저기 사람들 만나고 다니면서 매일 술을 먹었어요. 술 먹고 신세 한탄이라도 하고 나면 속이라도 시원했으니까요. 압니다. 그렇게 살면 안 된다는 것쯤은요. 이제 일자리도 구했고 술도 끊기로 했습니다. 정말입니다. 제 인생 이제 얼마 남았다고 언제까지 이렇게 주저앉아서 술만 먹다가 끝낼 수는 없는 노릇 아닙니까. 믿어 주십시오."

간 수치가 높아서 채용 신체검사 결과에서 합격을 받지 못했던 70대 노인은 긴 이야기 끝에 합격 통보서를 받아 진료실을 나갔다. 아들뻘 되는 의사에게 연신 허리를 굽히며 이제 꼭 새롭게 일어서겠다고 다짐하시는 그분을 나는 어떤 기준으로도 재단할 수 없었다. 합격을 받아 마땅한 분이라 자신에게 말해줄 뿐이었다. 거친 말로 누군가를 재단하는 이에게 당신이, 우리가 그럴 자격이 있느냐고 되묻고 싶은 얼마간이었다.

꼭 건강하세요

-»»» ««<-

병원 지하 편의점에 무얼 좀 사려고 들렀다. 계산대 앞에 줄을 서 있는데 내 앞에 몸이 비쩍 마르고 얼굴에 황달기가 가득한 젊은 남자 환자가 음료수 몇 개와 휴지를 들고 서 있었다. 그의 차례가 되자 그가 주섬주섬 물건을 계산대 위에 올려놓았다. 편의점 아르바이트생이 계산하다가 그에게 물었다.

"이 초코바도 같이 계산해드려요?"

그는 당황한 듯 두리번거리더니 그의 옆에 서 있던 꼬마에게 물었다.

"너, 이것도 먹을 거야?"

예닐곱쯤 되어 보이는 사내 녀석이 대꾸도 하지 않고 고개만 끄덕였다. 남자는 초코바까지 계산을 하고는 아이와 함께 편의점을 나갔다. 그가 나간 후 나도 계산을 마치고 편의점을 나왔다. 그리고 편의점 앞 엘리베이터에서 두 부자를 다시 만났다. 아이는 초코바를 한입 베어 문 채로 몸을 흔들흔들하며 서 있었다. 황달로 얼굴이 노르스름해진 젊은 아빠가 아이의 몸을 붙잡고 말했다.

"아빠는 꼭 건강해질 거야. 퇴원해서 우리 맛있는 거 많이 먹자."

아이는 여전히 대꾸 없이 고개만 끄덕였다. 아이의 흔들거리는 몸을 붙잡은 아빠의 몸도 함께 끄덕이듯 흔들거렸다.

가족, 오래오래 함께하길 바라는 사이

-»»» «««-

건장해 보이는 20대 초반의 젊은 남자가 외래를 찾았다. 어디가 불편해서 왔느냐고 묻는데 대답이 영 시원치 않았다. 딱히 어디가 아픈 것도 아니고 불편한 증상도 뚜렷하지가 않았다.

"혼자 왔어요?"

이런 경우는 대부분 어머니 손에 이끌려 병원에 온 경우가 많다. 아니나 다를까 청년은 스르륵 일어나더니 진료실 문을 열고 누군가를 불렀다. 열린 진료실 문으로 들어온 건 그의 어머니가 아니라 언뜻 보아도 70대로 보이는 노인이었다.

젊은 남자는 다시 의자에 앉았고 노인은 그의 옆에 섰다. 할아버지라고 하기엔 젊어 보였고 아버지라 하기엔 늙어 보이는 노인에게 물었다.

"어떻게 되세요?"

노인은 조금 뜸을 들이다 말했다.

"아이 애비됩니다. 늦게 이 녀석을 봤지요."

청년은 노인의 늦둥이 아들이었다. 아마도 애지중지 키우는 아들이었을 테고 조금 몸이 안 좋다고 하자 가기 싫다는 아들을 기어이 끌고 병원에 왔을 것이다. 아니나 다를까 젊은 아들은 늙은 아버지께 툴툴거리듯 말했다.

"필요 없다니까, 왜 자꾸 그래요."

그의 말이 맞았다. 그는 군이 병원에 올 필요가 없었다. 그러니 딱히 검사를 할 것도 약을 먹을 필요도 없었다. 하지만 여기까지 아들을 데리고 온 아버지의 얼굴을 봐서 괜찮다고 그냥 돌려보낼 수는 없었다. 가장 기본적인 검사 몇 가지만 해보자고 하자 철없는 젊은 아들은 벌떡 일어서면서 말했다.

"선생님, 아버지 때문에 괜히 검사할 필요 없어요. 아시잖아요. 저는 아무 문제 없다니까요."

그는 내게 꾸벅 인사를 하더니 외래 진료실 문을 열고 성큼성큼 나가버렸다. 진료실에 덩그렇게 남은 나와 그의 아버지는 당황스럽게 서로를 쳐다보았다. 그의 늙은 아버지가 내게 말했다.

"죄송합니다. 애가 버릇이 없어서."

나는 노인을 달래듯 말했다.

"괜찮습니다. 다 그렇지요, 뭐. 그래도 걱정은 마세요. 아드님

건강에 문제가 있어 보이지는 않으니까요."

그의 아버지는 무언가 내게 할 말이 남은 듯 가만히 서 있었다. 그리고 이야기를 꺼냈다.

"오십이 다 되어 저 아이를 봤습니다. 제 아내가 마흔여섯에 저 녀석을 낳았지요."

그는 조금 뜸을 들이다 말을 이었다.

"쟤가 고등학교 졸업하던 해에 애 엄마가 자궁암으로 세상을 떠났습니다. 그리고…."

그리고?

"작년에 제가 대장암에 걸렸다는 걸 알았습니다. 수술은 했지만…."

그는 더 말을 잇지 못했다.

"아비가 돼서 아이에게 미안한 것은, 너무 늦게 아이를 보는 바람에 행복하게 함께 보낼 시간을 많이 주지 못했다는 겁니다. 다른 아이들처럼 부모와 같이 보낼 시간이 많지 못했다는 겁니다. 우리는 너무 짧은 시간을 함께 할 수밖에 없었다는 겁니다."

그는 결국 그 자리에 서서 몇 장의 휴지로 눈물을 훔치고서야 돌아설 수 있었다.

그 남자

어느 의사나 그런지는 모르겠지만 내게는 유난히 기다려지는 환자가 있다. 아니 더 정확하게는 기다려지는 보호자가 있다. 그는 팔순 노모를 대신하여 외래에 약을 타러 오는 50대 남자인데 정확하게 나이가 얼마인지 무슨 일을 하는지는 잘 모른다. 하여간 그는 한 달에 한 번이건, 두 달에 한 번이건 내가 시키는 대로 꼬박꼬박 외래 진료를 빼먹지 않고 잘 온다. 그런 면에서 참 훌륭한 보호자 역할을 하는 아드님이지만 한번 진료실에 와서 자리에 앉으면 까칠하기가 이루 말할 수가 없다.

"자꾸 어머니가 약을 빼 먹고 안 드시는데 그 약을 꼭 먹어야 되겠어요?"

"솔직히 그 약 안 먹는다고 큰일 나는 건 아니잖아요?"

"노인네가 꼬장꼬장해서 약 드시라고 잔소리하면 아주 그냥 시끄럽게 하시니까…."

의자에 삐딱하게 앉아서 의사에게 불만에 가득 찬 듯한 말들을 툭툭 던질 때면 나도 욱하는 마음에 그에게 한마디 하고 싶을 때가 있지만, 그의 어머니를 생각하면 꾹 참고 그의 말에 그저 말없이 고개를 끄떡이며 그와 나 모두를 달랠 수밖에 없게 된다.

사실 나는 그의 어머니, 그러니까 진짜 환자를 직접 본 적이 몇 번 없다. 대부분은 아드님이 약을 타러 오시고 피검사를 하거나 아주 특별할 때만 병원에 직접 오신다. 하지만 오실 때마다 워낙 강렬한 인상을 심어주시기 때문에 그 할머니 환자에 대한 기억은 확실히 남아 있다. 처음 할머니가 진료실에 들어오신 날의 기억은 이러했다. 할머니는 진료실 의자에 앉자마자 쉼 없이 말씀을 시작하셨다.

손목이 아프다, 발목을 삐었다, 작년부터 시작된 감기가 일 년이 넘도록 낫지를 않는다, 세상에 돌팔이란 돌팔이 의사는 다 만나봤다, 머리가 아픈데 왜 약을 먹어도 낫지를 않느냐, 어지럼증이 돌 때는 어떻게 해야 하느냐, 그런다고 어지럼증이 없어질 것도 아닌데 뭐하러 그러냐, 약이 너무 많다, 약 먹고 나면 속이 아프니 속 안 아프게 하는 약도 같이 넣어라, 약이 많다는데 왜 또 약을 넣느냐, 내가 언제 속 안 아프게 하는 약 넣으라고 했냐, 손목 아픈 건 어떻게 할 거냐, 이것도 약 줄 거냐, 진통제는 아예 안 먹을 거니까 넣을 생각하지 마라 등등등.

　내가 할머니의 정신없는 말씀에 맞춰 이러지도 저러지도 못하고 있는 사이 할머니의 까칠한 아드님은 팔짱을 낀 채 할머니 뒤에 서서 나를 불쌍하다는 듯 내려다보며 삐쭉거리고 있었다. 할머니의 말씀이 다 끝나자 그제야 그가 말했다.

　"의사 선생님이 알아서 다 해주시니까 어머니는 걱정하지 말고 가만히 좀 계세요."

　그가 진료실에 어머니 대신 와서 앉으면 그가 제아무리 까칠한 보호자라도 환자인 할머니보다는 낫겠다 싶은 생각이 들곤 한다. 그는 내게 그런 존재이다. 하지만 내가 그를 기다리는 진짜 이유는 따로 있다.

　그가 진료가 예약된 날, 그러니까 오라는 날에 오지 않은 적은 딱 한 번뿐이었다. 그때 그는 어머니가 아니라 그의 아버지를 대신해서 진료실에 온 아버지의 보호자였다. 그의 아버지는 건강검진에서 고지혈증이 발견되어 내 외래로 처음 오셨지만 진료실에 들어오시는 순간 나는 그의 아버지에게 파킨슨병이 있다는 사실을 알 수 있었다. 나는 그에게 아버지를 신경과 진료에 모시고 가라고 권했다. 그가 아버지와 함께 혹은 아버지를 대신하여 신경과 진료를 보는 날이면 예외 없이 내 진료실에 들러 또 무언가 불만에 가득한 얼굴로 한참을 투덜거리다가 가곤 했다. 나는 그의 까칠한 투덜거림에 "그럼요", "그렇지요." 같은 추임새를 넣으며 듣고 있을 수밖에 없었다. 그가 고분고분한 보호자는 아니었지만 나는 그가 어떤 사람인지 알고 있기 때문이었다.

그는 파킨슨병이 심해지면서 근력이 약화된 그의 아버지를 모시고 매일같이 산책을 시켜드렸고, 다리 근력이 떨어져 더는 걸을 수 없게 된 아버지를 휠체어에 앉혀서 같이 동네를 돌아다녔으며, 끼니마다 좋은 음식을 직접 만들어 먹여드렸고, 아버지의 머리맡에서 신문을 읽어드리고 책을 읽어드리며 지냈다는 사실을 나는 알고 있었다. 당시에도 그는 까칠하고 삐딱한 보호자였지만 오라는 날만큼은 꼭 빼먹지 않고 왔고 시키는 건 꼭 다했는데 어찌 된 일인지 그가 예약된 날에 오지 않은 것이다.

그리고 몇 달이 지난 후 다시 외래에 온 그는 아버지가 아니라 그의 어머니를 모시고 내게 왔었다. 나는 그에게 무슨 일이 있었느냐고 물었고 그는 까칠함이 배지 않은 묵묵한 말로 대답을 건넸다.

"아버지께서 3개월 전에 돌아가셨습니다."

내가 유감이라는 말을 건네기 전에 이미 그의 눈에는 그리움과 원망이 담긴 눈물이 가득했다. 그에게 휴지 한 장을 뽑아 건네려다가 휴지 티끌이 내 눈으로 날아들어 갔는지 그 휴지는 그에게 건너가지 못한 채 먼저 내 눈물을 닦는 데 쓰이고 말았다. 그게 벌써 5년 전이다.

그가 오지 않는 날은 더 없는 불안함이 엄습하는 날이다. 그가 지난주에 약속된 어머니 외래 진료 시간에 오지 않았다. 그리고 오늘 외래에도 오지 않았다. 그가 오기를 간절히 기다리는 내 마음을 그는 알고 있을까. 다음번 외래에라도 그가 까칠한 모습으로 나타나리라는 기대를 안고 있는 내 마음을 그는 알고 있을까. 봄이 다 가기 전에 그가 다시 어머니를 모시고 함께 나타나기를 기다리는 내 마음을.

마음보다 더한 치료가 있을까

-⫸⫸⫸⟨⟨⟨-

고혈압, 고지혈증으로 약을 타서 드신 지 꽤 오래된 70대 할머니가 진료실 의자에 앉았다. 두 달에 한 번씩 오셔서 약을 타 가시다 보니 벌써 서로 만난 횟수도 여러 번이고 그사이에 별별 이야기를 다 주고받아서 모르는 것 없고 못할 말 없는 사이쯤 되는 분이신데 오늘따라 뭔가 하실 말씀을 못 꺼내시고 주저주저하신다. 참을성 없는 의사가 더는 견디지 못하고 물었다.

"하실 말씀 있으세요? 무슨 이야기인데 오늘따라 이렇게 뜸을 들이세요. 얼른 말씀해보세요."

할머니는 배시시 웃으시다가 어렵사리 말을 꺼내셨다.

"저기, 선생님. 제가 이런 얘기 하면 화내실까 봐 걱정돼서요."

아니, 내가 언제 화를 내본 적이 있단 말인가. 절대로 화 안 내니까 얘기해보시라고 종용을 하자 그제야 할머니가 어렵게 실토하신다.

"며느리가 지난 어버이날에 양파즙을 만들어 왔는데 그걸 어떻게 해야 하나 해서요."

일단 말문이 열리자 할머니의 이야기가 방죽이 터진 강물처럼 줄줄 넘쳐흐르기 시작한다.

"내가 몇 년을 고혈압이다, 고지혈증이다, 약 먹고 지내는 걸 보고서도 말 한마디 없던 며늘아이가 이번엔 무슨 바람이 불었는지 양파즙을 내어 가지고 와서는 이게 몸에 좋다고 꼭 드시라고 자꾸 신신당부를 하는데. 내가 참, 안 먹을 수도 없고 먹자니 이게 먹어도 되나 싶어서 담당 의사 선생님한테 한번 물어는 봐야겠다 싶기도 하고, 먹으면 안 되나 먹어도 되나 궁금하기도 하고, 의사들은 환자가 이런 거 먹는 거 아주 싫어한다고 해서 참 내가 이걸 꼭 왜 먹어야 하나 싶기도 하고, 의사 선생님한테 혼나는 거 아닌가 싶기도 하고…."

거창하게 시작한 이야기가 용두사미처럼 말꼬리가 흐려지고 만다. 슬슬 의사 눈치를 보며 내 입에서 무슨 말이 나올까 걱정스럽게 쳐다보는 할머니의 눈을 슬쩍 쳐다보자 할머니는 내게 걱정 반 기대 반의 미소를 보낸다.

"드시고 싶으시면 드셔야지요."

내 애매한 답변에 할머니가 고개를 갸우뚱하시며 다시 물으신다.

"그럼 먹어도 된다는 얘기예요?"

내가 다시 물었다.

"드시고 싶으세요?"

할머니는 무얼 생각하시는 듯 기다리셨다가 답을 하셨다.

"큰아들이 사업이 잘 안 돼서 오랫동안 힘들게 살았어요. 남들은 잘하던 장사도 잘 안 돼서 망했다고 접는 마당에 그래도 오래 잘 버티고 있다고 생각은 했지만, 아들도 며느리도 사는 데 힘이 많이 부친 모양이더라구요."

할머니는 잠깐 쉬었다가 다시 또 말씀을 이었다.

"저는 솔직히 양파즙이 아니라 양잿물이라도 이거는 꼭 먹었으면 좋겠어요. 며느리가 없는 살림에 어버이날이라고 들고 온 성의도 있는데."

나는 할머니가 기다리시던 답변을 해드렸다.

"먹어서 안 될 게 어디 있겠습니까. 어차피 약이란 건 정성이 반인데요. 대신 이번에 사 온 양파즙은 잘 드시고 앞으로 더는 사 오지 말라고 하세요."

할머니가 의자에서 일어나시며 환한 웃음을 지으며 말씀하셨다.

"사실은 이미 며칠째 먹고 있었어요."

　몇 년을 남처럼 지내던 며느리가 생색을 내려는지 매일 아침
마다 "보내드린 양파즙 잘 드시고 있느냐."는 전화를 해대는 통
에 귀찮아 죽겠다는 엄살 아닌 엄살과 함께 할머니는 진료실을
총총히 나가셨다.

피보다 진한 무엇
-》》》 《《《-

메르스 때문에 환자 숫자가 확 줄긴 했지만, 병원에는 여전히 환자와 보호자들이 오가고 있었다. 아직은 메르스라는 병명이 생소할 때 30대의 다운증후군 환자가 보호자와 함께 외래를 찾았다. 평소 혈압이 높게 측정된다며 고혈압약을 먹어야 하는지 상담을 받고 싶어서 왔다고 했다. 다운증후군은 심장 질환의 위험이 커서 혈압약을 드시는 것이 좋겠다고 권해드리자 보호자께서 그러시겠다고 했다. 아울러 평소 환자의 상태에 대해 이것저것 물어보시기에 아는 범위 내에서 설명해 드린 후 한 달 뒤에 다시 뵙기로 하고 헤어졌다.

그리고 얼마 뒤, 메르스의 여파로 외래 예약 부도율이 매일매일 신기록을 세우던 때, 다운증후군 환자의 보호자가 예약된 날

짜에 혼자서 외래를 찾았다.

"아무래도 요즘 같은 시기에는 병원에 저 혼자 와야 할 것 같아서요."

집에서 혈압을 재어보니 약물 치료 전보다 확실히 혈압이 낮게 나온다고 했다. 그럼 일단 같은 약으로 계속 치료를 하기로 하고 심장 초음파 검사도 반드시 받으시라고 권하면서 진료를 마칠 즈음, 의사의 오지랖 넓은 관심이 슬금슬금 또 발동했다.

"저, 환자분과는 어떤 사이세요? 친언니신가요?"

40대 중반으로 보이는 보호자는 다운증후군 환자의 언니쯤 되어 보였다. 보호자는 한참 동안 옅은 웃음만 흘리다가 입을 열었다.

"저는 그룹홈 보호자예요."

"그룹홈? 그게 뭐예요?"

장애가 있는 분들을 모아서 일반 가정집 같은 곳에서 돌보는 서비스란다. 그럼 친언니가 아니시냐는 물음에 그녀는 또 묵묵히 웃음만 흘리다 말했다.

"친언니가 아니라면 이 메르스 난리 속에 병원까지 대신 약 타러 왔겠습니까."

"아, 그럼 친언니신가요?"

"친언니보다 더 친언니 같은 언니입니다."

우문에 **현**답을 남긴 채 친언니보다 더 친언니 같은 그룹홈 보호자께서는 혈압약을 한 달 치 더 처방받아서 외래를 나가셨다. 나는 그 보호자의 뒷모습에서 메르스 따위는 감히 따라붙을 수 없는 뜨거운 무엇인가를 발견하며 절로 감사의 인사를 드렸다.

어떤 행동의 이유

우리 병원 별관 입구에는 자동문이 있다. 처음엔 길쭉하게 생긴 버튼을 손으로 누르면 문이 열리게끔 만들었지만 병원 특성상 휠체어를 타고 오시거나 손을 자유롭게 쓰지 못하는 분들의 출입이 많다 보니 사람이 가까이 오면 자동으로 문이 열리도록 바꾼 것이다.

어느 중년의 남자가 자동문 버튼을 누른 채 서 있었다. 누르지 않아도 저절로 열리는 문이라는 걸 모르는 모양이었다. 옆에 지나가던 누군가가 말했다.

"그거 누르지 않아도 저절로 열려요."

그가 말했다.

"알아요."

누르고 있지 않아도 저절로 열린다는 걸 알면서도 버튼을 누르고 있는 이유는 뭐지? 나는 궁금해 그 앞에서 잠깐 서서 기다려 보았다. 멀리서 허리가 구부정한 노인이 지팡이를 짚고 아주 천천히 걸어오고 있었고 노파가 문 앞에 다가올 때까지 그는 버튼을 눌러 문을 열어두고 있었다. 물론 그사이에 그가 열어 놓은 문으로 많은 사람들이 오고 갔다. 마침내 문 앞에 노인이 도착하자 그는 여전히 버튼을 손으로 누르고 문을 열어 둔 채 말했다.

"어머니, 천천히 오세요. 문은 계속 열려 있어요."

휘청이듯 천천히 걸어오던 노인이 아들을 향해 고개를 들어 방긋 웃었다.

문득 돌이켜 보건대, 내가 의아해하면서 "왜들 저러시나?" 하는 행동을 일삼는 분들이 과연 정말 아무 의미 없는 행동들을 한 것일까 싶다. 그 속에 감춰진, 혹은 나중에야 드러날 의미를 우리는 모른 채 그저 무의미한 행동으로 치부한 것은 아니었을까. 도무지 이해할 수 없는 행동도 때로는 이해받고 존중받을 가치가 있다.

한 남자 이야기
-》》》 《《-

똑. 똑. 똑.

남자가 진료실을 나간 지 얼마 안 되어 다시 노크를 하고 들어왔다. 그가 나가고 찹찹한 마음으로 앉아 있던 나는 그가 다시 들어오자 조금 긴장되었다. 무방비상태에서 그런 진단을 받았으니 그도 경황이 없었을 것이다. 우왕좌왕하다가 아무것도 물어보지 못한 채 그냥 진료실을 나갔을 터이니 이제 다시 들어와 많은 것을 물어볼 것이었다. 나는 어디까지 이야기해 드려야 하나 걱정이었다.

"그러니까 빈혈이 조금도 좋아지지 않았다는 말씀이지요?"

예상치 못한 그의 질문에 나는 당황했다.

"아니, 그게 중요한 것이 아니고….”

내 말이 끝나기 전에 그가 다시 내게 확인하듯 물었다.

"빈혈이 좋아지지 않았네요. 빈혈이…."

그는 얼마 전 기운이 없다고 하여 외래 진료를 받고 철 결핍성 빈혈 진단을 받은 분이었다. 한두 달 철분제 복용을 했지만 빈혈이 전혀 호전되지 않아 어딘가 출혈이 있을 것으로 의심되어 나는 그에게 위내시경 검사를 받도록 권고했다. 그러기를 몇 달이 지나고 나서야 위내시경을 포함한 건강검진을 받으신 후 결과 상담을 위해 진료실을 찾은 그에게 나는 두 가지 결과를 알려야 했다. 전혀 차도가 없는 빈혈 수치와 진행성 위암.

그의 목소리는 점차 힘을 잃어가는 듯했다.

"빈혈이 좋아지지 않았다니… 빈혈이…."

나는 그에게 빈혈 자체보다도 위암 치료가 더 중요하다는 당연한 이야기를 다시 주지시켜드리려고 입을 열려다가 더는 말을 잇지 못했다. 그가 나지막이 읊조린 마지막 말을 듣고 난 후였다.

"우리 딸이 걱정하겠어요. 우리 딸이…."

그는 눈에 눈물이 가득 고인 채 한참을 문 앞에 서 있다가 진료실 밖으로 나갔다.

◆ ◆ ◆

외래 진료 환자 명단에 그의 이름이 떴다. 나는 그의 이름을 보자마자 답답한 마음이 들었다. 그는 지난주 외래 진료에서 빈혈 검사를 다시 해보겠다고 했다. 나는 이런 검사는 의미가 없다고 누차 말했지만 그는 막무가내였다. 그는 지난달 내시경 검사에서 진행성 위암으로 진단받았다.

"글쎄, 빈혈이 중요한 게 아니라 위암 치료를 하셔야 한다니까요."

그는 눈 하나 꿈쩍하지 않고 말했다.

"알아요. 선생님 말씀 다 알고 선생님 마음도 다 압니다. 그래도 제 일은 제가 다 알아서 할 거니까 제 걱정은 마시고 빈혈 수치가 얼마나 좋아졌는지나 검사해주세요."

나도 지지 않고 말했다.

"빈혈의 원인이 위암인데 위암 치료는 안 받고 어떻게 빈혈이 좋아진단 말이에요? 일단 수술을 받고 항암 치료가 필요하면 그것도…."

그는 여전히 내 말을 듣지 않고 오히려 내 말을 잘랐다.

"글쎄 선생님 말씀은 다 안다니까요. 하지만 저도 제 사정이라는 게 있는 거라고요. 자꾸 그러지 마시고 빈혈 검사만 좀 해봐주세요."

그는 도대체 왜 치료를 거부하는 걸까. 혹시나 이상한 민간요법에 매달리고 있는 건 아닐까 걱정이 되었다.

"제 병은 제가 잘 알아요. 저도 제 사정에 맞춰서 알아서 하는 거니까 제발 제 말대로 해주세요."

더는 막무가내인 그를 말릴 수 없었다. 나는 빈혈 수치를 확인해 주기로 하고 혈색소와 철분 검사를 지시하였다. 그리고 그가 오늘 결과를 들으러 왔다. 그의 혈색소 수치는 9.7이었다. 지난여름 처음 봤을 때가 6.7이었고 철분제 처방을 받은 후 8.3으로 잠깐 올랐지만 이후 당연히 수치가 더 떨어질 줄 알았는데 조금씩 혈색소 수치가 오른 것이다.

"혹시 철분제 더 드시고 계신가요?"

그는 고개를 저었다.

"사실은 예전에 처방받은 철분제도 먹다가 말았어요."

빈혈 수치가 조금 오르기는 했지만 그가 위암이라는 현실은 달라지지 않았다. 나는 그것을 다시 주지시키려고 말을 꺼내려는데 그가 벌떡 일어났다.

"확인해주셔서 감사합니다. 다음 피검사는 내년 1월에 와서 한 번 더 받겠습니다."

이미 그는 의사의 충고 따위는 안중에 없었고 나 역시 그에게 더 아무것도 해줄 게 없었다. 그러자고 체념하듯 진료실에서 인사를 나누고 우리는 헤어졌다. 몇 명의 환자를 더 진료하고 나서야 잠깐 짬이 생겼다. 잠깐 원무과에 다녀올 일이 있어 진료실을 나와 병원 로비에 들어선 순간 누가 나를 불렀다.

"선생님!"

그였다. 로비 의자에 그가 앉아 있었는데 그의 옆에는 그의 아내로 보이는 아주머니가 다소곳하게 앉아계셨다. 잘됐다 싶었다. 말이 안 통하는 그보다는 그의 아내에게 상황을 설명해주는 게 더 낫겠다는 생각이 들어 나는 그와 그의 아내가 앉아 있는 의자로 성큼성큼 걸어갔다.

"인사드려. 내 주치의 선생님이야."

의사 말이라고는 죽어도 안 듣는 분이 주치의라고 부르니 어이가 없기도 했다. 그래도 일단 인사는 나누고 볼 일이니 그의 아내에게 인사를 하려고 고개를 숙였다. 그의 아내는 나를 쳐다보지 못한 채 엉뚱한 곳을 보면서 인사를 했다.

"안 녕 하 데 요."

어눌한 말투와 심상치 않은 행동에 나는 뭔가 이상하다는 느낌이 들었고 그 느낌은 불안한 내 예상대로였다.

"제 아내는 시각 장애와 뇌병변 장애가 동시에 있는 복합장애 1급입니다."

나는 순간 어떤 말도 할 수 없어 잠시 그 자리에 멍하니 서 있었다.

"십여 년 전에 모야모야병으로 갑자기 아내에게 문제가 생겼어요. 그때부터 지금까지 제가 씻기고 입히고 먹이는 것까지 다 해주지 않으면 아무것도 못 해요."

그가 잠깐 주위를 둘러보더니 말했다.

"어머니는 치매가 있는데 파킨슨병이 있어서 이 병원 신경과에 다녀요. 어머니도 저 없으면 아무것도 못 하세요."

나는 무슨 말을 해야겠다 싶었으나 어떻게 말을 해야 할지 몰라 멍하니 있었다. 그 사이 그가 또 말을 이었다.

"고등학교 다니는 딸은 제가 하나부터 열까지 다 챙겨줘야 해요. 저 없으면 걔가 제 엄마랑 할머니를 다 챙겨줘야 하는데 그게 되겠느냐고요. 제 앞가림도 못해서 아빠가 돌봐줘야 하는 마당에."

나는 그의 말을 가로막고 말했다.

"그러니 살아야지요. 어떻게든지 살아야지요."

그는 한참을 아무 말도 못 하고 있다가 간신히 입을 열었다.

"제가 수술하면 살 수는 있을까요? 제가 수술하고 병원에 입원하고 항암 치료를 받는 동안 우리 식구들은 어떻게 하나요? 치료비는 또 어떻게 하나요?"

나는 내일 사회사업실에 연락을 취해야겠다고 생각했지만 자존심 강한 그가 어떤 반응을 보일지 걱정이 되기도 하였다. 그는 더 말할 필요가 없다는 듯 손을 내밀어 내게 악수를 청했다.

"내년 1월에 다시 올게요. 빈혈 수치가 오르듯 저도 더 좋아져 오겠습니다."

그는 악수를 하며 활짝 웃었고 나는 그의 손을 꽉 잡아드렸다.

그의 아내가 아무것도 보이지 않는 허공에 대고 연신 인사를 했다. '슬픔'이란 말 말고 더 적당한 표현을 찾고 싶은 날이었다.

◆ ◆ ◆

외래 진료 시간, 당일 접수 환자 명단에 익숙한 이름이 떴다. 위암 치료를 거부하고 줄곧 빈혈 검사만 해달라고 했던 그였다. 그가 외래에 다시 왔다는 것이 고마웠다. 그가 더는 외래에 오지 못할까 봐 걱정스러웠기 때문이었다. 그가 외래에 들어와 앉자마자 나도 모르게 그의 손을 덥석 잡으며 말했다.

"많이 기다렸어요."

그도 웃으며 말했다.

"선생님이 기다려 주신 덕분인지 아직까지는 멀쩡합니다."

그의 얼굴은 지난번보다 훨씬 수척해져 있었다. 이런저런 이야기 끝에 그가 말했다.

"그래도 한 번은 어떻게든지 치료를 받기는 받아야겠다는 생각이 들어요."

그가 잠깐 끊어진 말을 잇기 위해 시간을 가졌다.

"제 건강을 위해 생각해 주시는 분들의 마음만으로도 병이 다 나을 수 있을 것 같아요. 그 마음에 미안해서라도 일단 진료는 받아 보려고 합니다."

그가 일어나면서 말했다.

"아시겠지만 제 어머니는 치매에 파킨슨병이 겹쳤고 제 아내
는 모야모야병으로 혼자서는 입지도 먹지도 못하는 상태예요.
다들 이렇게 두고 갈 수는 없으니까요."

오늘은 그가 소화기내과 진료를 보러 오기로 한 날이다. 그가
치료받기로 마음을 먹었다는 것만으로도 그는 이미 큰 걸음을
내디딘 것이나 진배없었다. 물론 오늘 내과 진료 후 어떤 결론에
이를지는 의문이지만 나 역시 간절한 마음으로 그를 기다리고
있다.

할머니가 가르쳐 준 삶의 지혜
-»» «-

오랜 기간 외래에서 당뇨병, 고혈압약을 처방받아서 드시던 70대 할머니께서 외래로 오셨다. 원래 예약 날짜보다 2주쯤 지나서 오셨기에 대수롭지 않게 여쭈었다.

"아무래도 메르스 때문에 병원에 오시기가 좀 그러셨지요?"

할머니는 말없이 웃으시다가 말씀하셨다.

"메르스도 메르스지만 사실은 좀 멀리 이사를 했어요."

나는 모니터를 들여다보던 시선을 거두어 할머니를 쳐다보며 다시 여쭈었다.

"어디로 이사 가셨는데요?"

내 물음에 할머니는 또 말없이 웃으시다가 말씀하셨다.

"사실은 우리 사위가 하던 일이 잘 안 돼서 여기 일과 집을 정리하고 부천 근처로 이사했어요. 거기서 다른 일을 시작하려나

보더라구요."

나는 물끄러미 할머니를 쳐다보며 다음 이야기를 기다렸다.

"딸아이도 사위랑 같이 일을 하려나 본데 어린 손자, 손녀들도 돌봐줘야 할 것 같고 애들 살림도 거들어줘야 할 것 같아서 저도 그쪽에 집을 얻었어요."

나는 할머니의 마음을 조금은 이해할 수 있을 것 같았다. 그러다 걱정이 되어 말씀드렸다.

"너무 멀리 이사 가셨는데 여기까지 오시기 힘들지 않겠어요? 차라리 그쪽에 있는 병원에 다니시는 게 더 낫지 않을까요?"

할머니는 손사래를 치며 말씀하셨다.

"아녀요. 거기서 여기까지 지하철 타고 오면 쭉 시원한 데 앉아서 오니 괜찮아요."

할머니의 밝은 목소리에 나도 기분이 좋아져서 엉뚱한 농담을 질문이랍시고 드려보았다.

"사실은 저도 지하철 타고 출퇴근을 하는데 지하철에 빈자리가 잘 나지 않아서 앉기가 힘들더라구요. 자리에 잘 앉아서 오는 비법이 있을까요?"

할머니는 또 말없이 웃으시다가 내게 자리에 앉아서 올 수 있는 중요한 비법을 알려주셨다.

"그건 말이죠, 오래 타고 오면 돼요."

"네? 무슨 말씀이신지…."

나는 할머니의 말뜻을 잘 못 알아들어 다시 여쭈었고 할머니
는 어리석은 나를 다독이며 가르치시듯 다시 대답을 해주셨다.

"오래 지하철을 타고 오다 보면 분명히 한 번은 내 앞에도 빈
자리가 납니다. 길게 보면 누구에게나 기회는 오지요. 짧은 거리
를 가면 운이 좋아야 빈자리가 나겠지요. 짧게 보면 그래요."

할머니의 진짜 이야기는 이것이었다.

"우리 딸과 사위에게도 말했습니다. 인생, 길게 보라고요. 틀
림없이 우리에게도 기회는 올 거라구요."

부천까지 먼 길을 가셔야 하는 어르신의 마음에 나는 어떤 고
마움의 인사를 드려야 할지 몰라 머뭇거렸고, 할머니는 또다시
말없이 빙긋 큰 가르침의 웃음을 보여주시고는 자리에서 일어서
셨다.

인생

올해로 칠순인 할머니께서 검진을 받고 결과 상담을 받으셨다. 검진 결과를 설명해 드리는 내내 할머니께서는 무슨 생각을 하시는지 그저 멍하니 앉아계셨다. 나는 할머니께서 내 설명을 잘 이해하지 못하시는 게 아닌가 싶어 여쭈었다.

"제 설명이 좀 어렵지요?"

내가 살짝 웃으며 여쭙자 그제야 할머니는 나를 바라보시더니 빙긋 웃으시며 말씀하셨다.

"죄송합니다. 열심히 말씀 중이신데⋯ 제가 잠깐 다른 생각을 하고 있었네요."

무슨 생각을 그리하셨나 여쭙자 할머니는 말씀을 더 잇지 못하셨다. 그리고 한참이 지나서야 겨우 입을 떼셨다.

"올해엔 우리 바깥양반도 돌아가시고 가장 친한 친구도 저세상으로 갔어요."

나는 무슨 말씀을 드려야 할지 몰라 머뭇거렸고 그사이에 할머니는 용기를 얻은 듯 다시 말씀을 이으셨다.

"이제 새해가 오면 좀 좋은 일들이 있겠지요. 70년을 살아보니 그래요. 슬픈 날이 가면 또 좋은 날도 오더라고요."

별로 큰 이상이 없었던 검진 결과 상담을 마칠 무렵 할머니께서는 아들뻘 되는 젊은 의사에게 잊지 않고 덕담을 나눠주셨다.

"의사 선생님도 올 한 해 안 좋았던 일들은 다 잊으시고 내년엔 좋은 일들이 많이 생기시길 바라요."

이렇게 삶은 흘러 간다.

글과 어울리는 사진을 내어준 안미경 선생님 덕분에
비로소 아름다운 책이 되었습니다.
많은 분들이 보내온 진솔하고 정겨운 추천사는
이 책을 돋보이고 풍성하게 해주었습니다.
안타깝게도 지면의 부족으로 추천사를
모두 싣지 못했습니다.
고마운 분들의 이름을 여기에 남겨 기억합니다.

김주현, 김지연, 김효리, 김효상, 김희정
남궁은, 박동식, 박미영, 박수진, 신준철
윤동희, 윤선희, 이성진, 이세임, 이지안
장윤선, 전두만, 정신숙, 조우성, 주종문
최양선

사람아, 아프지 마라

초판 1쇄 발행 2016년 2월 5일

지은이 김정환

펴낸곳 (주) 행성비
펴낸이 임태주

책임편집 김은경
기획위원 유재연 이종욱 윤경식 김국현 박재영 이탁렬

출판등록번호 제 313-2010-208호
주소 서울시 마포구 독막로 98, 상가동 201호
대표전화 02)326-5913 | **팩스** 02)326-5917
이메일 hangseongb@naver.com | **블로그** http://blog.naver.com/hangseongb

ISBN 978-89-97132-83-6 (03810)

※ 값은 뒤표지에 있습니다. 잘못 만들어진 책은 구입하신 서점에서 교환해 드립니다.
※ 이 도서의 국립중앙도서관 출판시도서목록(CIP)은 e-CIP홈페이지(http://www.nl.go.kr/ecip)에
서 이용하실 수 있습니다. (CIP제어번호 : CIP2016001764)

⟨⟩ **행성B잎새**는 (주) 행성비의 픽션 · 논픽션 브랜드입니다.

이 책에는 재미있는 글귀의 이스터에그(비밀 암호문)가 숨어있습니다.
볼드체의 글자 10개를 찾아 문장을 조합해 저자의 돌발 발언을 확인해보세요.

요즘 대세는 '요리하는 남자'라고 했던가. 그렇다면 스타 쉐프 김정환 쎔의 요리를 추천하고 싶다. 자극적이지 않고 수수한 단어들을 조몰락거려 포장마차의 따끈한 국수 한 사발처럼 소박하고 정 깊은 글을 내놓는다. 오늘 퇴근길엔 이 책 한 사발이면 마음이 훈훈하니 좋겠다.

이신애(편집 디자이너)

사람살이에서 가슴에 바람 드는 날을 겪는 것이 삶이라면, 사람 이야기로 치유 받는 것 또한 삶의 당연한 자세일 터. 훈훈함 가득한 이 책이 따뜻한 손 되어 시린 가슴을 어루만져 줄 것이다.

이종섶(시인)

아픈 환자를 대하는 사람들이 쉽게 가지는 삶의 무거움을 따뜻한 유머로 한껏 녹여내는 성숙한 삶의 시선. 공유해서 기쁘다.

이지연(상담심리학 교수)

지친 하루를 마무리하고 집으로 오는 길, 사람들의 발걸음 소리는 모두 같은 소리 같지만 자세히 들어보면 각자의 사정으로 저마다 다른 소리를 낸다. 저자는 각각의 발걸음 소리를 묵묵히 들어주는 사람이다.

이지윤(대학생)

그의 글은 참 희한하다. 처음에 보여 주는 상황은 그저 평범한 선입견으로 시작한다. 그런데 마지막에 가면 꼭 무릎을 치게 된다. 글을 다 읽은 후에는 결국 눈물이 글썽거린다.

장성렬(고등학교 교사)

외부와 완전히 단절된 2평 남짓한 공간, 진료실. 생사박탈권을 가진 의사와 상대적 약자인 환자라는 절대적 갑을관계. 그러나 책을 읽는 내내 느껴지는 서로에 대한 배려, 소통, 존중은 인간 대 인간으로서의 관계가 어떻게 상호보완적이 되는지 자연스럽게 깨닫게 해준다.

장훈희(YTN)

병원이라는 공간에서 의사라는 전문인이 진료라는 행위를 하는 모습을 떠올릴 때 가장 먼저 느껴지는 것은 차가움이다. 그 장소와 상황과 관계에도 사람의 정과 삶의 성찰이 파고들 여지가 있을까? 그렇지만 간혹 그 엄혹한 공간에서도 삶의 온기와 아름다움을 느끼고 퍼뜨리는 사람들이 있다. 이 책의 저자처럼.

정철승(변호사)

의사들이 단순히 의료행위만 하는 것이 아니라는 걸 알고 있었지만, 저자의 글을 통해 환자의 몸과 함께 마음까지 어루만져 주고 있음이 여실히 느껴져 마음이 따뜻해졌다.

진현옥(공무원)

소독약 냄새, 날카로운 메스, 길게 늘어선 줄로 대표되던 병원이란 곳이 마음과 마음이 만나는 곳이었을 수도 있겠다는 생각이 든다. 때로는 아들처럼, 때로는 삼촌처럼, 때로는 옆집 아저씨처럼 환자의 마음까지 어루만져주는, 따뜻한 도시 의사의 솔직한 고백.

황진영(한국산업인력공단)